新潮文庫

雀の手帖

幸田　文著

新潮社版

11947

目次

幸田さんの言葉　出久根達郎
雀の追って書き　青木奈緒

雀の手帖

初日

はじめての欄へ書こうとするときは、多少なりといつもよりも見よくしたいという気がはたらくので、鉛筆の先へいろけが寄り集まったようになって、まことに困るのである。このよくしたさから転じて生じてくるいろけなどは、書くという本家本元のことにとって、まったく有害無益な邪魔ものである。いろけがちらちらしていたのでは鉛筆は動かない。

私は若いときから作文に志を立てたのではなくて、中途から折があってなんとなく書きだしたのだが、いま思いかえせばあのころには、鉛筆をとったときほんとに、鉛筆の先にはぴたりとわが心だけだったのであり、よくしたいいろけなど、これんぼっちもなかったとおもう。それが少し馴《な》れるとたちまち、よくしたいというい ろけがついてしまって、新しい欄へ書くとき鉛筆がはにかむ。われながらいやらしい。たびたびそういう鉛筆のはにかみに困ったあげく、やっと一ト筋、道を見つけた。それは先行のかたがたにとりすがることだ。『水に書く』とあるのだ。水に書く境地はしょせん私の鉛筆には届きつかないところではあるけれど、とりすがるに遠い近いはない。

こんなことを思い出すのである。数年まえ、亡父の『雪たゝき』という小説を、大佛《おさらぎ》さんに芝居にしていただいたときのこと。初日の席にすわっていて、私はおちつけなかった。原作は父なのだから父の性質みたいなものは圧迫してくるし、したがって子としての感懐も湧《わ》いてくるし、劇場側に身を置いているような気もするし、ただの一観客のような気分もあって、とりとまらない。そこへもってきて初日だから、幕間《まくあい》がたいそう長く手間どる。とうとうあまり気持の寄せどころが頼りなくて、二階正面の大佛さんの席へと押しかけた。観客は初日を見にくるほどの人たちだから、幕間の長いのは承知の上だろうが、座席でも廊下でもみな、だらけた空気まるだしだった。そのなかを歩いて行くと、気がかげった。

私はろくにものも言えずお辞儀をしたのだったが、「——初日はどうしてもだめでね。五、六日してから見てくださるとよかった。ここでこうして見ていると、ああもこうもといろいろ気になりだしてね、まあ我慢して静かにすわっているというところです。こういう場合にはいろいろ思うのだけれど、その思うだけだと負けますね。思ったことを片端から直して行くという実行があれば助かるんですね」これが初日の作者というものだ、と思った。

そして、それから舞台裏へ行った。幕間の長いも道理である。絵かきさんが殺気だったようにして、背景へ刷毛《はけ》を引いているので、びっくりしたのである。

くろうとの初日には中途半端《はんぱ》ないろけなんぞない。若い女の子などのはにかみには、清浄ないろけがあるが、瞬間のものであって、長くははにかめばきたなくなる。——でも正直に言って、私の鉛筆は新しいところへはにかむ。

液温計

日本人は風呂《ふろ》好きだといわれるそうだ。夏の風呂もいいけれど、冬の風呂は楽しみというか、ありがたいというか、助かるのである。

けれども冬の風呂の湯加減は、ちゃんと上手にしてもらわなくては困る。熱すぎてもぬるくても、裸になった以上はがたがたしながら我慢しなくてはならない。風邪をひかないまでも、決して愉快とは言いがたい味である。私は以前から風呂加減に液温計を使っているが、これは私が失敗が多かったからの結果である。

ちゃらっぽこな気持ややりかたで失敗するのではなく、念を入れて加減をするのだけれど、あれ性《しょう》の皮膚なのでどうもうまく行かない。それで父親を熱い湯に入れて「心臓がどうかなってもいいつもりなのか！」とどなられたり、リュウマチ持ちの母をぬる湯に入れて恨まれた経験もある。恨まれればこちらもいい気持はしないし、つくづく風呂加減くらいで自分もひとも不愉快になったのではつまらないと、以後液温計を買った。それ一本のおかげで何人の女中さんがらくだったろう。感覚だけに頼るお加減は、曖昧《あいまい》でよくわからないところが多く、それで叱《しか》ったり叱られたりは哀《かな》しいのである。

せっかくの液温計も、しかし扱う人次第である。よくも掻《か》きまぜない湯の表面を、ちょいと計って「どうぞ」などと調子よく促されたのだからたまらない。底のほうが冷やっこかった。思わず腹をたてて「こんな文句を言ったり言われたりしないための液温計なのよ」ときめつけた。だがどういうわけなのか、次のときもだめだった。むかむかしたけれど、これはこちらがさっさと観念したほうが早いと思いかえし、その次は風呂がわいたと言って来たとき、あらためて自分で加減をみた。すると彼女なげいて曰《いわ》く「なんておむずかしい!」——そして翌朝は「お味噌汁《みそしる》は何度のお加減がお好きでしょうか」と憂《うれ》わしげである。まいった。よくよく私をむずかし屋と思いこんだらしかった。

そのうち、このひとを連れて旅行した。いなかの宿は女中さんたちがのんきで、ことばつきにも家庭的な親しさがあった。私はくつろげた。すると夕がた、老女中が風呂を知らせて来た。「お風呂わきましてございます。お加減は四十度にいたしました」地方にしてはめずらしく、よく行届いて温度をはっきりさせたな、と嬉《うれ》しく思ってついて行く長い廊下のみちみち「おむずかしいのだそうでございますが、手前ども寒暖計などに馴れないもので……」と言う。それで合点が行った。彼女の吹聴《ふいちょう》によって宿では大まごつきをするし、私はこわがられ煙たがられ、着いたときの親しさは失われてしまっていた。

こうなると液温計は何のために、何を計るのかわからなくなった。私は気むずかし屋にされたつまらなさを計ってみるよりほかなかった。

かぜひき

風邪をひいた。なぜ、ひいたというのだろう。ひいたというと、誘う気があってひいたように聞えるからおかしい。私はひく気など毛頭なかったのである。風邪がはいって来てしまったのだけれど、やはり風邪をひいたというのである。熱が出て咳《せき》が出て、出ることばかりなのに、なぜひいたなどというんだろうと、気分のわるい鬱憤《うっぷん》にそんなことを思う。とにかく、つつがなくとんとんにいっている状態へ、風邪という余計ものがふえれば、その分だけ何かがはみ出るというように思って、ひいて出る風邪の算術は冗談でけりがつくのである。

風邪などは一時のものだからいいが、長びく病気になれば冗談どころの沙汰《さた》ではない。第一に気がくさってしまう。それだからこのごろは大きい会社では、衛生管理ということをしている。しろうとの心配は甲斐《かい》がないから、医者に一任して病気を管理してもらうのだ。ベッドにいるほどの大病なら、誰もみな病気は医師まかせだが、執務にさしつかえない慢性病とか、病後の恢復《かいふく》期とか、とかくルーズになって失敗しやすいとき、医局からきちんきちんと、検診日の通知や状態問合わせや注意事項が申し送られてくる。当人はつねには病気を忘れて気楽にしていても、管理室のほうでは一日も忘れていず、治療は進められてゆく段どりになっているという。結核のなおったあとなど、心丈夫だろうと思う。

そんな話を聴いていて、ふと気づくとその先生は「むかしは」とか「もとは」とかいうことをしきりにいう。それほどお医者様のしごとが、昔にくらべてぐっと進歩したわけである。でもその先生のお顔を見れば、若くはないのだ。額や眼尻《めじり》はいうまでもなく、小鬢《こびん》から頸《くび》にかけて皮膚は筋になって畳まっている。進歩とは皺《しわ》の上を踏んでゆくものという気がした。進歩とはつらいことだと、つい私のようなぐうたらべえは、感激しつつもへんなことを考える。

「そんなに進歩したのはありがたいことには違いありませんが、これからお医者様になろうとする人は、先生、ずいぶん大変ですね。勉強しておぼえなくてはならないことが、沢山ふえてしまったわけじゃないのですか?」愚問と承知していても訊《き》かないわけにはゆかないではないか。頭の弱いものは志を立てて学んでも、一生かかって現在までを習得しただけで終ってしまうかもしれない。いや、現在までも学び得ないうちに老衰疲弊するかもしれないではないか。頭脳俊敏でなくとも志の厚い人はいる。進歩はそういう人を見すてるのだろうか。

「地球上に病気がなくなるまでは進歩が必要でしょ？　誰を見すてても」

病後をひなたの縁にいて私は、自分が簡単に進歩を喜び簡単に進歩を重がっていることを思う。

ほうほけきょ

風邪をひいていて、――きたない話で申しわけないが、絶えずはなをかまないではいられないようなとき、テレビのしごとが約束されていたりすると、まったく情なくなる。テレビでは、しいるのではないがなるべくなら、テレビカメラむきの化粧をすることになっている。かなり濃い茶色を塗る。これをしないと、おでこや生えぎわがへんにてかてか光って映るので見苦しいからだ。でも、その化粧をした顔ではなをかめば、鼻の頭のドーランはもろに剝《は》げてしまう。はなをかまないわけには行かないし、かめば鼻の頭は剝げて蛍《ほたる》のお尻になるだろうし、――一ト抱えあれど柳は柳、女の身の鼻てかは情ないのである。

この元日は東京も大雪で、すばらしくいい元日だったが、かねてからの約束でテレビの時間があり、そして私は処置ないはなかぜひきだ。元日だからこぼしごとは言うまいとしても、はなはこぼれてきてやむを得ない。それが緊張したせいか化粧をしたら忘れたようにとまって、所定の十五分間をまず無事に終ったのはありがたかった。

ほっとして控え室へ戻ると、さすがに初春で鶯《うぐいす》の話をしている。鶯も上手に啼《な》くのはすくない。ホーホケキョのK音のところがむずかしいのだそうで、したがってケキョケキョと明瞭《めいりょう》に、たくさん啼きかさねるように育てるのは骨が折れる。そこでKの音をはぶいてしまって啼かせる訓練をした人がいて、K音なしの鶯が何羽かできたらしい、という珍しい話なのであった。

「K音なしというとどう啼くの?」「さあ、ホーホエョかな」「それじゃ、エョエョってくりかえすのか? なんだかすっきりしないね」「ほんとに鶯もケキョって啼くのが苦労なのかい? 鳥のくせにわれわれ舌の重い人間とおんなじなのかなあ」

ぼたん雪に鶯の話である。梅を思った。梅の咲く暖かい伊豆の温泉を思った。なおるひまもなくひき返している風邪で胸のなかが重苦しいのも、温泉へ浸《つか》れば楽になるだろうなあと思った。

それででかけた。伊豆には雪はなくて、お湯も梅の花もたっぷりしていた。椿《つばき》の葉はてりをもって青く、夏蜜柑《なつみかん》が黄いろく、樟《くす》はみごとな枝をひろげている。いつも見る伊豆の穏やかなたたずまいである。だが、そこにいつもでない光景も、ぐうっと大きくうねっていた。去年の洪水《こうずい》の押し通ったあとである。岩石と流木が幅広い帯になって、害の通った道を示している。恐ろしい量の岩石と流木で荒涼、ただ荒涼たるなかに、なんと、きゃしゃな金具をつけて桐簞笥《きりだんす》の上半分が形はこわれなくて泥《どろ》まみれに、――米とぎ用か漬物《つけもの》用か、新しくない桶《おけ》が竹たがもしっかりと、――ひっそり無事に坐《すわ》っていた。

正月二日は晴天だった。

川の家具

東京では隅田川《すみだがわ》は人に親しまれている川なのである。桜の名所ということが第一に言われ、梅若の話、いざ言問《こと》わんの歌の、芝居では『三人吉三《きちさ》』や『髪結新三《かみゆいしんざ》』など、年中行事では両国の川びらき。永井荷風先生の『すみだ川』『濹東綺譚《ぼくとうきたん》』で川はさらに親しまれたが、いまはろくな桜の木もないし、臭い水がどろんとして見るかげもない。若い人たちはかつての川の風景を知らないから、きたねえな——の一語だけだが、五十年配のものには美しく優しい川という観念がある。

美しかったにちがいないが、私はこの河畔《かはん》に生まれ育ったので、洪水の川というものを知っている。いかに毎日うつくしく楽しい川であっても、ひとたび暴れ狂ったらどんな形相になるか。凄《すご》いともなんとも！

子供のときは早めに避難させられた。が、十四、五にもなれば一廉《いっかど》の働き手として、ぶるぶる恐れながらも早打の半鐘のなかに、家を守ろうとするのである。そんなときは、土手は断《き》れなくても地水《ぢみず》が出てくるから、やはり床下浸水になって下駄《げた》など流れ出してしまう。

決潰《けっかい》の危険が去ると、誰もみな川岸へ行かずにはいられない気持がするものである。腹を立てているような川の姿をこわごわ見に行きたいのだ。見ても、川はどうにもなりはしなくて、手がつけられない勢いである。水量が多く、迅《はや》くて、うねっていて、泥濁りで、どおんどんというような底響《そこひびき》があって「たたっこわそうとしている」感じで急流になっている。

その泥濁りの急流のなかに、翻弄《ほんろう》されきって流れて来るのは、家具や造作の類《たぐい》である。板戸などが縦《たて》ざまに、くるりくるりとひっくり返されながら来る。よじれのある水流に巻きこまれているからなのだろうが、半身を水面に、ぐうっと持ちあげられては倒れるのだ。見ているこちらは感情が乱れないわけには行かぬ。どこの街のものにせよ、見なれ手なれている板戸である。それがそう揉《も》まれいじられている。さらにもっと身ぢかな親しいもの――箪笥・おはち・桶・樽《たる》・簀《す》の子《こ》などが流されて来ると、しまいには悲しさ恐ろしさが消えて、こちらもおこりだしたくなる。平和とだんらんを流して行きやがった！　というくやしさが来る。害された、という思いが濃い。家具よ！　といういとしさがたまらないのである。無力に翻弄されているのに、なお形を保って流されて行くのである。家具が川のなかを行けば、異変が正常をぶっこわした、と眼に焼きつくのである。

「軽くて、縦と横が組みあわさっているものは、助かるかもしれないんだよ。樽はなかなかこわれないものなんだ、いつの洪水にも——」と近所の老仕事師が教えてくれたのは、深い印象になっている。

川は美しくばかりない。恐ろしい川を見たおかげで、私は家具を違った角度から見る。

新がた

われわれの身のまわりにある家具什器《じゅうき》は、正方形・長方形・円形が多い。気取って半月《はんげつ》・いかだ・花形《はながた》などもあるが、まず角と円《まる》である。家具というのはなかなか長寿で、どうかするとたまらなく飽きてきて、もういい加減にこわれてもよさそうなものだ、などと思うことさえある。長持ちするようにと望んで買うのであり、長持ちするように考えて作るのである。そのゆえに使いやすく、かつ見ざめのしない形をと工夫して、結局はやはり気取ったものより、円と角におちついたことなのだろう。

いまの鏡台は三面鏡全盛だが、私の子供のころにはひきだしつきの箱がたの台へ、一尺二、三寸の鏡を据《す》えつけたものが普通だった。鏡台とはそうしている形のものと、ちいさい私は思いこんでいた。あるとき母たちは鏡台の置き場を変更しようと話していた。私は自分が力持ちで役に立つ子であることを見せたいと意気ごみ、おとなたちがぐずついているひまに、ひとりで鏡台を壁の前から少しずらせた。案外の重さだった。持ちあげることなどとてもなので、鏡をささえる腕木を摑《つか》んでひきずって敷居まで来た。そこで敷居を越させようと一段と力《りき》み、よんやさとひっぱったら、ほんとにびっくりした。腕木と鏡台がこちらの手に抜けて、四角い台がまったく、ばかったらしい恰好《かっこう》でそこに残っていた。実に突然、へんな形のものになってしまって、意外だったのである。母はこごとを言って、箱の溝《みぞ》へ腕木をとんとんと嵌《は》めこみ、簡単にもとの鏡台にした。

十六、七のころ、さげ煙草盆《たばこぼん》を掃除していてこわした。長方形の桑の煙草盆で、鯨鬚《くじらのひげ》のさげ手がついている、その柄《え》を折ったのだ。それでしかたがないので、折れた柄を取り払って桑の箱だけにした。けれども、なんとしても形がおさまらなくて、見ていると滑稽《こっけい》なのである。つまり間がぬけたというのはあのことなのだろう。ぽかんとした煙草盆になったので、「煙草をのむ気がなくなった」と父親がぼやくが、無理もないと、こわした私さえそう思う。

こわしてみると、家具というものがよくできていることがわかる。このごろは花いけや果物鉢《ばち》から台所用品まで、新しい美しいデザインが売りだされていて楽しい。化学皮革を使ったふしぎな形の椅子《いす》や、カシウ塗りの三角形の卓など出ている。なるほど、四角い部屋に三角の卓を置けば、隅《すみ》は都合よく使えるわけになって、一ツほしいと思う。すると同行のNさんが浮かない顔で、「新しい家具もいいけれど……」と濁す。訊《き》いてみたら、口前《くちまえ》のうまい人に泣きつかれて臍繰《へそく》りを貸したが、返してくれない。催促に行くとそこのうちには、ちょうどこんなような新型の家具が小粋《こいき》に並べたててあった。Nさんは新家具を見歩く楽しみを失い、おのれとともに古びつつある諸道具に、あらためて愛着を感じているという。

足

寒波襲来のあと、冷えこみの強い午後、上野の動物園へ行った。閉園まぎわの時間なのでさすがに人影もまばらで、植木も庭石も踏む土も、檻《おり》の鉄柵《てっさく》もコンクリートの床も、そこいらじゅう寒げに見え、また実際私も寒さをこらえて歩いた。動物の小屋の前へ来ると顔をあげ、小屋から小屋へのあいだは頸《くび》を縮めて歩くのだが、そうして歩くうちにも自分の足袋の白さが眼《め》につくほどきびしい寒気だった。

駝鳥《だちょう》が二羽、もう部屋にはいっていて、例の頭部の欠如したような顔でこちらへ観察眼を据《す》え、やがて安心したらしく、さかんに室内を歩きまわる。女の駝鳥のほうだけがどういうものか、ハイヒールの踵《かかと》そっくりな足音をたてて歩く。コッコッコと冷えたコンクリートの床を鳴らす。眼をそらせて音だけ聞いていると、ナイロン靴下《くつした》に包まれたきゃしゃな脚と、スウェードかなにかの小粋な靴が思われ、眼をあげると頑丈《がんじょう》いってんばりのきたない駝鳥の脚だ。どうしてそんな音がするのか、いつもそうなのか、ただしてみたい気がしたが、なにしろ寒くて早く歩きださないと爪先《つまさき》が痛かった。駝鳥は感覚の鈍い鳥のように私たちは思っているが、砂漠《さばく》に棲《す》む鳥だと聞くから、やはりきっと日本東京の寒波に逢《あ》えば、あしのうらも冷たいのだろう。それであんなふうに、霜夜のハイヒールみたいな足音も出たのではあるまいかと、あまり寒かったのでこちらもちとおかしげなことを思う始末であった。足が冷たいと、たしかに頭のほうがいかれ気味になる。

足袋の足も冷たいけれど、靴下の足もさぞ冷たかろうと思う。足袋は足より大きめのぶくぶくしたのを穿《は》けば温かいそうだが、私は温かいよりもひきしまっているほうが好きなので、堅い足袋を使う。足袋のなかで足がしまっていると、心持まで活動的にいられる。それが好きなのである。

足袋の足もとをはじめて見た外国の人が、驚いた表情で、「日本女性の足は五本の指ではなくて、二タまたにわかれているのか」とそっと訊いたそうである。いわれてみれば、そう思われるかもしれない足袋である。

戦争中の結婚式に着物はどうやら紋服を借りだしたが、足袋のことをうっかり忘れて花嫁さんもおかあさんも大慌《おおあわ》て。やむなく当日は白いソックスで間にはあわせたが、「なんだかお嫁さんのあんよは、兎《うさぎ》の足みたいな恰好だったね」と、お祖母《ばあ》さまが視力の薄い眼をしばたたいたという話もあって、足と足につけるものは、かなり深く人の心にしみこんでいる。

このほどある外国人に会った。四十年も女子教育と伝道に働いて、もうじき帰国するという。足袋はおろか、日本をよく理解している。そういう人が帰国すると聞けば残り惜しく、ふと足もとを見たら、恰好もなにもなく、ぼてぼての厚い毛糸靴下を穿いていた。

手

女はいくつになっても、顔の出来具合について愚痴を言うむきがめずらしくないが、手も顔のつぎに文句の多い部分かとおもう。

たしかに、月光菩薩《がっこうぼさつ》のような美しい手ならいいにきまっている。だけれども、生れてこのかた一日の休養もなく、いちどの修繕に出したこともなくこきつかってい る手なのだから、そういつまで綺麗《きれい》でいるわけがないのである。くまでだって使えばよごれたり折れたりする。ぼろになるほど使ったのなら、きっとどこかに、くまでの効果はあがっているはずなのに、あがった効果のことは言わないで、きたなくなったことに文句を言う。欲どおしい。

しかしまあ、ものも言いよう聞きようだ。文句と言えばうるさく聞える。あれは文句ではなくて「むかしはあんなに美しかったのに」と、ありし昔を懐《なつか》しんでいるというなら、ウェットな女心もわかるのである。でも、なんにしても、からだの出来を恨めしがるのは褒《ほ》めたことではない。

そのひとの手は色の白い手である。夏もそう陽《ひ》やけしないし、冬もがさつかない上等の皮膚である。難は関節《ふし》が高く、どんな労働を経験したかと思われるごつさなのだ。小柄《こがら》なひとだから手の平も指も大きくはなく、だから紺のスカートの膝《ひざ》に重ねあわせているとき、手はなめらかに白く美しい。だが、ずいぶん不器用でお皿へ菓子を取るのも、ふきんをゆすぐのもからへたである。恰好が醜いうえに不器用だと自分から罵《ののし》って、ついに父母から祖父母へまで腹を立てたり悲しんだりする。そして、紅茶茶碗《ぢゃわん》を持つときしなを作って、薬指と小指をはねたりするものだから、お茶をしたたかこぼすような失敗をする。

はじめは同情もしたのだが、あまり父母をこきおろすので、しまいには聞かされるこちらが辛《つら》くなった。「私がもしあなたのおかあさんなら、どうすれば気が済むの？」

びっくりして黙ってしまった。黙られたら、こちらはなお辛くなった。「文句があるなら洗い浚《ざら》い言って頂戴《ちょうだい》。なにか指を細くする方法でもあるなら、できるだけ考えてみようじゃないの？」

とたんに泣きだして、「済みません」と言った。冗談言っちゃいけない、これだけで済むものか、と思った。はたして、「なまじっか色が白いだけに、なんて憎たらしい恰好でしょう」と言った。

六十すぎまで働きぬいた老婆《ろうば》があって、「どんな探偵《たんてい》さんが出て来ても、もし私の肱《ひじ》からさきが切りおとされていたら、男と踏むでしょうよ」

まるで鬼の手だが、手が鬼だったおかげで、亭主や子供には力のかぎり尽せて、気持はわれながらすっきりしている、とも言う。大きく頑固《がんこ》でほんとに男みたいな手が、おはぎなどを、見ている前で綺麗につくる。ほろりとするのである。女の手は美しいに越したことはないが、なあに、すっきりしていれば鬼の手は上々だ。

節分

きょうは節分。元日から数えて早くももう一ト月あまりが過ぎたのである。一ト月何をして過ごしてしまったかと疑う。ふりかえってみて、われながらあきれてしまう。これといって思いだせることがなくて、一ト月が済んでしまっているのだ。実際、それほど目立つこともしず怠惰《せ》でもあったが、それならゆっくり休めたかと言えば、とんでもない。せかせかと急かれつづけだったたという感じが濃い。

丁寧でない暮しをしているせいだと思う。いつからそんな癖がついたのかわからないが、とにかく万事にとぱすぱしている。朝は眼《め》が覚めてぼやっと起きかえる。だが、寝具を畳むころからとぱすぱがはじまるらしい。無意識のとぱすぱである。どう贔屓《ひいき》眼に考えても、顔を洗うも御飯ごしらえも、たしかに丁寧にやっているとはいえない。とりわけざつにしているのではなくても、丁寧な心ざまでしていると は言いがたい。それがいけないのだと思う。

心ざまを丁寧にすることは時間を食う、と思っているのが思いちがいのようだ。不熟練な人が丁寧なしごとをしようとすれば、むろん時間を食うし、熟練の人でも丁寧にすれば、やはりしごとは時間を食う。しかし、しごとと気持とは違う。つねに丁寧な心ざまでいることに特別な時間はいらない。丁寧な気持で対《むか》えば、お味噌《みそ》汁《しる》一ツにも手応《てごた》えが出るし、毎あさ使うへアブラシにも心の沢《つや》はつく。とぱすぱしないように心がけていると、どことなく心に量感がある。

私の子供のころはなにしろ昔ふうだった。長幼の順などうるさく言うくせに、節分の豆まきは姉にはさせないで、ちびの弟にさせる習慣だった。弟が子供のくせに紋付の羽織などを一着に及んで、豆をまくのである。姉であっても女の子である私は、「それ、雨戸をあけなさい」と言いつけられる。弟は「福は内」と声張りあげる。二枚ほど繰った雨戸の外は暗くて、檜《ひのき》の植込がよけいもさもさと暗く、鬼はそこへ逃げて行くのかと思う。鬼の退去は考えられても私には、福の神の舞いこみ光景はどうしても想像できなかった。大黒様というのはよちよち重くて、器用に滑空できるとは思えず、節分の夜の暗い庭を寂しく思ったのである。

そこへ持って来て、弟は「鬼は福」などとまちがえたが、みんなは叱《しか》らないで笑う。弟はいよいよ上ッ調子になってうちじゅうを豆だらけにし、はては私へ向けて「鬼は外」とぶつけた。私は彼を嫉妬《しっと》し軽蔑《けいべつ》し、男の子の特権へ憤慨した。子供のことで何も知ってはいないのだが、思えば節分の夜の軽蔑なり寂しさなりは、心こまかい感情であり、いまは懐しく心の財産になっている。

一ト月をふりかえって何の目ぼしいことはなくとも、桜草一ト鉢、毎日気をつけて眺《なが》めたなあと思うとき、ちょっぴり一カ月の丁寧さが楽しめる。

立春

立春と聞くと、氷が張っていてもあたりが花やいで見える。

新年に小倉遊亀《おぐらゆき》さんにお話を聴く機会があった。色が語られた。色といってもはっきりした色のことではなく、しいていうなら、ありやなしやのうちに見る色とでもいうのだろうか。

蕗《ふき》の薹《とう》のことである。小倉さんの住われる鎌倉は東京より気候が暖かいのであるが、けさ見れば——というのが新年の朝のことだが——だらだらと崖《がけ》になったあたり、土がところどころうっすらと青く感じられ、これはきっと蕗の薹が頭をもちあげてきたのだなと思って、なおよく見れば、たしかにその通り。土はただ円く盛りあがっただけで、蕗の薹はまだ頭を出してはいないのだったが、——「もうじきでしょ。じきに出て来ますよ」と話された。小倉さんも嬉《うれ》しそうで、蕗の薹も、さぞ暗い土から明るい外気のなかへ出るので嬉しかろうし、伺っている私もおかげで、逸早《いちはや》く春のみどりを見る思いがした。

色は話すにも書くにも、まことにむずかしい。会話のほうがまだしも気楽だが、それにしても赤とだけでは、どんな赤だかわかりはしない。椿《つばき》の赤とチューリップの赤では違う。作文になるともっと路《みち》が狭い。椿のような赤などと書けば、のようなだけ色は色褪《いろあ》せて感じられる。談話には声というものが介添《かいぞえ》するので、いくぶんは直接な響を伝えてもくれるが、活字の行列では行間に間違いなくその赤を示すことは、私にはできない相談である。私の色はいつものような色で、まだるっこい色なのだ。

小倉さんはまだ土のなかに埋もれている青を、ひっぱりあげて見てしまう眼をもっている。蕗の薹はまた、土をかぶりながら縁に立つ小倉さんまで、青い色をにじませたのである。眼も草も生命の活力に溢《あふ》れていて、はじめて捉《とら》えることができ、話すことができる色合である。これでなくては春ではない。

立春とはいえ、霜はまだ幾度も降りるだろう。霜の朝はものがみんな小さくなっている。屋根も草っ原も白く装われるのに、一ト嵩《かさ》小さくひきしめられる。草などは霜に萎《な》えるのだが、屋根がこぢんまり見えるのは私だけだろうか。雪は輪廓《りんかく》をひろげて見せ、霜は反対だとおもう。大きな霜の朝、自分も冷たさにちぢこまって小さくなりながら、あちこち見て歩くのはおもしろい。

私の庭はけさ霜柱はなかったが、霜に荒れた土がいかにも見苦しい。我慢がならないので少し手入れをしてみた。まだ土をいじる時期ではなく、べとつくくせに油気がない。まだ何度か霜が訪れなくては、土に色はささない。暦の上だけでない春が早く来ればいいと思うし、霜の勢いの殺《そ》げるのも名残惜しいのである。

猫柳

貧すりゃ鈍す、という。ほんとうにそうで、貧乏すると愚鈍になる。やってみないとわからない寂しさである。貧乏から逃れたさに一生懸命に知恵をふりしぼるのだが、その知恵たるやまことにしなびた知恵で、実際の役に立つしろものではないことが多い。せっかくの名案のつもりが「ほい、しまった。またためか」といった調子に外《はず》れてくるときの寂しさというものは、かなり身にこたえるものである。貧乏というのはお金のことばかりではなくて、思うことまでがしなびて乏しくなることだ。逆にいうと、けちなことばかり考えていた時期は、ちょうど財布もぺたんこな時期だったのである。

若いとき生活に困って、量《はか》り売りの酒屋をして暮らしていた期間がある。どうかして売りあげを殖やしたいが、それが思うようにならない。買ってくれるのは知人や義理あいで、それ以上に得意がひろがらないのだが、それで親子三人が死なない程度いっぱいだった。この、死なない程度というものが相当にこたえるもので、ひどくあくせくした。

そこへ新規の注文が来た。初午《はつうま》のお祭の二合ビン詰をたくさん注文してくれたのだが、そこが貧して鈍した心理状態で、飛びついて受けた注文なので、労多くして報い少なき契約をしてしまったのである。しまったと思ってももう遅い。私はうんとたくさんの労働をひきうけた勘定になった。二合ビンという小型ではかの行かないものを、数でこなすのである。台所裏の外流しでビン洗いをした。初午などと、のどかそうだが二月の風に吹きさらされて、ガラスと水をいじっていれば、ぴりぴりひびがきれて手の甲へは、しみったれた小粒の血が出る。

やっとビン洗いを済ませて酒を詰めはじめれば、酒のこぼれがひびへ浸みて、かっかとほてる。それでも強情に作業を続けて、王冠を打つ、レッテルを貼《は》る、化粧紙に包む。からだじゅう冷えるだけ冷えきって、配達の小僧君のリヤカーを見送ったあと、胸のなかにあるものは、みじめな悲しみと羨《うらや》ましさとだった。

その初午のお祭は、注文ぬしの坊やちゃんが、その年小学校にあがる、学校へ行くようになっていつまで初午でもないから、これをうちどめに、そのかわり少しはでにすると、聞いていた。自分にあうのは商売だけで、ひとの初午にとやかく関連して思うのが違うと、承知していてもだめだった。そして配達が帰って来ての報告に、ずいぶん遠いお宅だったが、途中に川があって、川のふちにずっと猫柳《ねこやなぎ》が「いまきれいな盛りでした」と聴いたとき、なにかひどくはっとさせられ、自分はいまあっちとこっちの境《さかい》にいる、といった迫られた気がしたのである。こういうのが貧乏の核《かく》ではないかとおもう。

おこると働く

おこると働くのである、私は。

それで、そのことを書くつもりで鉛筆を執ったのだが、三度やって三度とも気の済むように書きだせなかったから、多少いらついてきて、家人がものを言いかけるのなど面倒に思い、なにはともあれ、早く鉛筆を動かしたいと熱中した。自分はおこると働くやつなのだとはっきり承知したのは、こうして雑文章を書きはじめてからのことで、長く気持のなかにあることである。

それだのに気の済むように書きだせなければ、当然いい気持じゃない。いい気持でないから、のぼせてやたらと鉛筆を握る。鉛筆は握ってしまってはおしまいで、握った感じなどないときに動いているものだ。人という字と動くという字で「働」

になるのだのに、動けないように握りしめた鉛筆のさきを睨《にら》んで、心のなかはこんなにさかんに働いてるのになどと、勘違いしているときこそ哀《かな》しい。つまり、おこると働くという作文を書こうとして、うまく滑りだせないで、おこりつつ働こうとしているのであって、滑稽《こっけい》である。滑稽だと思うと同時に気がゆるんで、鉛筆もゆるんで、それならいっそここから書きだしたほうが、証拠は手っ取り早いじゃないか、というわけで書いてみれば、これは「おこると働く」ではなくて「滑稽だと働ける」になったわけだ。

笑って柔らいで働くのがいいのである。おこってごわごわして働いて、成績がぴんと跳ねあがっているのも悪くはないだろうけれども、上質とは言いかねる。滑稽から生じた笑いで、やっとほぐれて働きだすのもさほど上質とは言いがたいが、それでもおこると働くというのよりはましかとおもう。

むかし東京郊外にまだ水道がひかれていなくて、私のうちも深い井戸だった。ポンプ井戸なのだが、水は深いところから吸いあげるので、なかなか機嫌《きげん》の取りにくいポンプなのだ。だから洗濯《せんたく》は苦労なのだが、あるとき、あまりどっさり洗濯物をいちどに出されて腹を立て、腹だちのあまり、こんな洗濯に負けるかとばかり頑張《がんば》ったあげく、ついおろそかにポンプを扱ったので、腕木が跳ねかえって、いやというほど顎《あご》を弾《はじ》かれた。それだってなんだって洗濯はやりあげたが、掛けつらねた盛大な洗濯物を見た近所のおばさんに、「なぜこんなばか働きをするんです」と言われた。不愉快だった記憶がある。

貧乏してから働くこともある。催促されてやっと働くこともある。誰もが尻《しり》ごみをすると、英雄みたいな気持になって、一種の悲壮感が快《こころよ》くて働くこともある。恋をすると働きものになることもある。胃がいっぱいすぎるとやむなく働き、天気がいいというだけのことで、ひたすら邪気なく美しく働くこともある。

たとえ家事雑用であっても、働きかたにはやはり品格がある。

木の声

木には声のある木とない木とある。声といっても木がひとりで声を出すのではない。風が来て木に声を出させる、と言ったらいいだろうか。

誰でもいちばんよく知っているのは松の木の声。松は針のような繊《ほそ》い葉が簇《むら》がっているのだが、この針のむれが風を漉《こ》すときは声になる。松の声は軽い声ではない。あの葉のたくさんな数と硬い質とから出て来る声だから、軽くあだな声になるわけがない。

私の記憶に残っている松の声は二ツだ。一ツは東京に近い海岸の砂防林の、早春の夕がたの声である。松は人の背丈くらいに育っていて、夕がたの風が強く、いとも力のない陽《ひ》が斜《ななめ》で、明るくはあっても暖かではない浜だった。風の来るあちらのほうから、松はざあっと大まかな一ト幅な声を寄せて来るのだが、私の身のまわりを過ぎるときには、あちこちで勝手ほうだいに小さくざっざっと言っていて、決して大まかに一ト幅な声とは聴けなかった。

もう一ツは信濃《しなの》の山の、これも植林だが四十年という松の声である。四十年の松はかなり背が高い。手入れが届いて下枝はみな払ってあるから、見わたすかぎりに同じ間隔同じ円み、同じまっすぐさで幹は並んでいる。声は遠くのほうからしゅうっというように聞えて来、頭上ではふっさふっさというように聞え、仰向いて見れば梢《こずえ》高くに伐《き》り残された枝が空を蜘蛛手《くもで》に透かして、鷹揚《おうよう》に上下動をし、枝が動いてからおもむろに幹が左右に揺れていた。晩夏の、深い松林の声である。

武蔵野《むさしの》は欅《けやき》の太いのがある。この木の芽出しはうす赤くて女性的だが、まだ芽をふかない裸のとき、きさらぎの風に誘われると、凄《すさ》まじい叫び声をあげる。ひゅうっと鋭く叫ぶ。聴いていると、風より木より声より、虚空《こくう》といったものを感じさせられる。背中からぞくぞく寒い夜などは情趣があっていい声だ。

さきごろ、きびしい寒の冷えに、宮崎の青島の風景をテレビがしばしば紹介していて、こちらも皮膚のゆるむ思いがしたが、檳榔子《びんろうじ》だのフェニックスなどという植物はどんな声を持っているか知りたい。景清《かげきよ》さんの住んでいたあたりにはなんの木が生えていたか、そんなことは誰も話の種にはしないけれど、きっと関東の欅や信濃の松と違って、椰《なぎ》だろうか、樟《くす》だろうか。めしいていたのだから耳は敏《さと》くなっていて、それにああした男なのだから、たぶん木の出す声などよく聴きわけて、すがすがと楽しんでいたのか、などと思う。

半年を雪に埋もれる北海道のある海岸で「――ふぶいて来ると電信柱はううと唸《うな》るし、電線は泣くように鳴ります。私たちは土地ッ子ですが、あれを聴くと見知らない国の人のことなどさえ、恋しく思います」と話された。その電柱は鉄製・コンクリート製でなく、かつては大木の、いまは枯れてなお堅い柱だった。

入試

入学願書を出すのが梅で、試験が沈丁花《じんちょうげ》で、卒業式が辛夷《こぶし》で、入学が桜だという。ひとごとには思えない入学試験である。私の住んでいるまわりは学校がたくさんあるので、この季節になるときまって、親子づれが目立つのである。一ト眼《め》で受験である。願書を出しに行く母と娘が背丈はもう同じで、おかあさんと娘さんがたがいに肩を押しあうようにして、無言でせっせと歩いて行く。すぐそこに校門が見えているのに、首をあげようともせず、ただひたすらに行くおかあさんなのである。試験の当日、学校の塀《へい》の角までついて来て、そこでなにか励ましを言って見送ってやり、やがてひっかえして行くおとうさんなのである。毎年見なれている景色だが、毎年つらく見る。沈丁花なんぞいやになってしまうのである。

　終戦の年の春のこと、あのころはひどい食糧難で、私も近県の知人をたよって乾《ほし》うどんやお芋を分けてもらっていた。物をしょうこつも覚えて、ちょっとした担《かつ》ぎ手だったが、なにせ駅から遠く入る場所なので、途中で休まないわけに行かない。するとそこの男の子が、かぎの道を通るから遠いので、はすに行く近道があると教えるので、それに従った。ところが行けども行けどもである。どっちを見ても同じような霜枯れ畑で、狐《きつね》につままれたとはこれかと思った。

　さんざ迷って、やっと小さい川のふちへ出た。女の子が二人、橋のそばの平らなところにもんぺの足を投げだしていた。そこへ行って休み、道を訊《き》いた。ふと気がついて見まわすと、広い畑のあちらまで視野が利《き》いて、人家は遠いのである。何しにこの子たちはこんな人気《ひとけ》のない小川のへりにいるのか。不審とおせっかい心が起きて訊いた。「遊んでんじゃないよ、相談してんだよ。学校のことだよ。あがりたかないもん。それをうちじゃ、あげてやるって言って!」

　やみ売りで懐《ふところ》のふくらんだ両親が子供を学校へやりたいのに、子はいやなので、小さい心をいためて、二人して辞退案を相談中という。その足のさきに一トかたまり、はこべが這《は》っていて、眼のなかに入りそうなこまかい白い花をつけていて、清純だった。

これは戦後のことだが、失職と病人ともう一ツ、不良の息子さんとに疲れきってしまったおとうさんが、自身もまた夢のなかのように「それは瀬戸内海の、海図にも載っていないけし粒みたいな島なんだそうですが、荒れていて何もありません。ただ、気候がいいので草が生えるのです。香水の原料になる香草です。戦争が終って、よその親たちは息子の学校で大騒ぎのようですが、私はあの子と病人を連れて、香草の島で生きて行かれないものかと考えています」と言っていたが、そうは言うものの、やはりしんは香草より受験苦へ心が傾くらしかった。

次　女

ときどき私は学校のおかあさんがたのお集りに招かれる。役に立つ話ができるわけではなし、幅の狭い身辺雑話をする。

そういう会で、あるとき、話の済んだあとすぐ、一人のおかあさんが起《た》って、訊きたいことがあると言う。丁寧にぶしつけを詫《わ》び、少しおどおどしてい、しかもなにか胸にいっぱい溜《たま》っているということが察しられて、好もしい人である。それで、その第一問は意外にも「あなたはほんとに次女ですね」と言う。「ええ」「あなたの書いたものを読むと、随分と強情《ごうじょ》っぱりだったようですが――」会場はどっと笑った。でも続ける。「きょうお話を聴いていると、やはり、かなり気の強いかただと……」またどっと来る。その人はまっかになって渋った。「でも、あなたはたしかに優しいところも……」わあっと沸き、私もその人もがやがやのなかに埋まったが、――「次女とはほんとに強情なものなんでしょうか。私いま毎日、次女のことでてこずってるんです。気をつけて見まわすと、そう言っちゃなんですが、どちらでも次女はきつくて……」

たしかにそれまでみなさんが笑っていたのだが、その笑ったなかから声があがった。「ほんとにうちでもそれで……」

だんだん聴くと、そこの家庭は子供が三人で、長女は小学生のときから学習態度も成績もよく、人がらがものやわらかで、誰にも愛されるし、心配というものをかけたことがない。長男は末っ子だが、これも出来がよくて褒《ほ》められものの上に、ことに母親思いで嬉《うれ》しい子だそうで、まんなかの女の子がいけない。わかりのいいような悪いような、勉強は波があって、気に入ったとき夢中でするが、いやとなったら遊んでばかり。曲ったら最後、自分でも承知で大曲りになる。ついには父親が荒い声をあげ、母親がゆっくり諭し、姉が機嫌を取るが、うふふと笑ってのけるし、一何時間もひとりきりで坐《すわ》っていたりする。でも悪い面だけではなく、うちじゅうの明かるさと賑《にぎ》やかさを持っていて、この子がいないと物足りない。このところ入学試験を控えて、腫《は》れものにさわる思いだ。試験はとにかく、長いゆきさきのことを思いやると、これでは不幸が多かろう、と言う。

「幸田さんも次女で、相当な親泣かせだったというが、なにか一トこと聴かせて……」

ひたむきな母の心が一語一語に流れていて、その手に負えない次女ぶりが鮮明にわかり、会場はしんとしている。私は冷汗を流しつつ、次女のわがままを解説し、強情ものは強情に悟らされるときが来るだろうと言った。

「そうでしょうか。でも私は、私が生きているうちにあの子をいい子にしたいんですけど、間に合うでしょうねえ、幸田さん！」

絶体絶命だった。「間に合わないときもあります、私がそうだった」

どっとみんなが笑ってくれた。

次女（*）

姉と妹、長男と次男、たしかに生まれる順序というか排列というか、それは奇妙なものだ。咲きそろっている花なら、これを兄にこれを弟にと選ぶこともできるが、産むということはそうはできない。親たちもこの子をと承知で兄に産むのではなく、子もまたあたしは妹にと納得して生まれてくるのではない。しかしそれでもちゃんと、ものはきまるのである。

次男、三男は冷飯《ひやめし》食いという。まんなか貧乏などとも言った。次、三男は貧乏くじを背負っているというのだ。栗《くり》だって一ツ栗はりっぱに大きく、二ツ栗は両方とも甲乙なくふとっているが、三ツ栗となると、まんなかは両端から押されて、あわれやぺたんこな姿だというわけである。そりゃそういう傾きもないわけではないが、かならずそうときまったものでもない。かえって次男、次女がのほほんと構えて、大いに機嫌《きげん》よくおさまっていることもある。

私は三人きょうだいの次女で、姉は出来のいい子、弟は一人息子で末っ子だから、とにかくいい子なのだ。母が早く亡《な》くなったので、子供たちをほうりっ放しにしてはいけないというので、家庭教師に英語の先生をつけてくれた。姉が二年生で私が七ツ、弟が四ツくらいだったとおもう。

先生は若くて優しくて、私はたいそう嬉しかった。英語の勉強とはいうが、歌をうたったり遊んだり、お菓子をたべながら教えてもらう。先生はまた、異人さんの子供を連れて来ていっしょに遊ばせてくれ、池で鮒《ふなつ》釣りなどをさせ、フィッシングと教える。つまり実際に即して教えるやりかただったらしい。姉はいい子なので、異人さんの友達に対しても控えめだったが、私ははじめて見る外国の子供の、一種ふしぎなはしゃぎかたに刺激され、体力派日本子供の本領を発揮して大サービスにこれ力《つと》め、自分でも気のさすほどふざけて先生を見れば、先生はおこらないで笑っていた。その嬉しさは身にしみた。

戦後、私は小さいときの先生がたのことを小作文に書き、いまはもう絶えている消息をかなしんだ。返事があるとは思わなかったが、返事があった。作文を読んで感慨無量だったと懐《なつか》しがってくださり、しかし先生である、はっきり書いてよこされた。——私はあなたの師ではなく、あなたのねえさんのために招かれた師であったので、いまあなたの作文に書かれているほど、あなたにした覚えはないのに、と喜んでくださっていた。私はびっくりした。姉のための先生であって、私はいわばお相伴、おまけの付録版だったのだ。

先生の手紙こそ感慨無量だった。おもちゃの鉄砲のキルクがぽんと飛び出たように快《こころよ》く、青空のように澄み、小川のように楽しかった。

先生とは、四十余年を経たのちも、なお明瞭《めいりょう》にものを言ってくれる人である。次女とはまた、かくのごとくいい人間である、と思うがいかが。

二

片親で育つ子は少くないのである。むろん両親が揃《そろ》っているのが普通の状態だし、それがまたいちばん好ましいことなのだが、生命のことは誰の自由にもならず、やむを得ない事情というものもあり、片親育ちの子もできてしまうのである。

片親育ちは男親育ちが少くて、女親育ちが多いようだ。そこで当然母親は「片親育ちだと後ろ指をさされることのないように育てたい」とえらくふるい立った気になってしまう。ふるい立つというのも悪くはないことだが、のちに反省してみると、ああいう気持も一種の興奮状態であって、やはり平均を欠いているのだとおもう。一ト調子高くなっているのだから無理なのである。一トころ後家のがんばりということばが流行したが、後家で母親であった場合、後家という自分自身のことより、子供といっしょの片親というがんばりのほうが強いことしばしばである。

「男親がいないのだから、そして自分は女親なのだから、つねに、もし男親がいたらこの場合どうしてやるかということを考えて、なるべく男親のいない空間を埋めてやるようにしたい」というのが、おおかたの女片親の心理らしい。男親を兼ね備えたい気になるのである。一人二タ役をやりこなそうとするのである。べつに強がりや思いあがりではないのだが、のぼせているので、少しおちつけば女一ト役だってうまくはこなせていない自分だのにとすぐ気がつくはずが、そう行かないのだ。私も長いあいだ娘に向いて、女親であると同時に、いつも男親を兼ねていなくてはと思いつづけてきたし、一しょう懸命そう実行したつもりだった。それはこせこせしようとする女心を鷹揚《おうよう》にゆるめ、感情を抑えてありのままの事がらを摑《つか》み取ることには役立ったとおもう。しかし、はたしてそれは当の娘にとって有益だったかどうか。年がたつにつれて私は、なまじ男親の穴埋め的なことをしてきたのは、失敗ではなかったかと気づきだした。

先年ある人が娘に、大層条件のいいオフィスを世話してくださった。娘は小さいしごとを持っていて、かねてそれを発展させたいと希望していたので、願っても二度とない幸運であった。だが娘は、この話は自分の力量にはあまりよすぎて手に余る結果になると、さんざ考えたあげく、心を残しながら辞退した。すると「そうね、無理はしないほうがいいから、この話はやめることにして、だがあなたは何か他にいい場所とか、発展の方針とかを持っているの？　辞退はかまわないが、辞退のあとが寂しかろうと思ってね」と言われたそうな。

「ねえ、かあさん。ああいうのが男親の心づかいというのかと思ったわ。こちらが辞退したのに、そのあと気をひきたててくれようと、――度量が大きいのね。男親のよさというか温《あたたか》さというか、そんな感じがしたわ」

ずいぶん長く二兎《にと》を追う愚をした。

砂利

多摩川のほとりに泊った。川が緩くうねる曲り角に建てた宿で、川のむこうは麦の畠《はたけ》が少しばかりで雑木《ぞうき》の林が続き、そのむこうは多摩丘陵が空をかぎっている。風の加減か流れの加減か、瀬の音は聞えず、前栽《せんざい》の孟宗竹《もうそうちく》の葉ずれが静かだ。

川に水は少く、河原に砂利取りの人夫さんが一人きりで、朝は七時から夜は灯《ひ》のつくまで、シャベルと篩《ふるい》にかかり通しである。砂利の粒を揃え、砂と分ける作業なのだろうと思うが、篩にかけた砂利の山が大きくなると、ちょうど電話でもかけたように、雑木林の蔭《かげ》からトラックが出て来て、積んで去る。あとはまた人夫さんがせっせと同じ動作をくりかえす。

午《ひる》になると火を焚《た》いた。広い河原にあるものは砂利と砂とだけなのに、どこから持ちだして来たのか、背板《せいた》のようなものを燃《も》して、曇り空に暖《だん》を取って、お弁当箱をあけている。食後は流れのふちへ行き、這《は》って水に口をつけて済ませた。そして焚火のそばへごろりと寝て、しばらくしてから見ると、まったくの大の字になっていた。

人間とはほんとになんと小さい嵩《かさ》なのだろう。六尺しかないのだ。青い水は絶え間なくあとからあとから流れつづくし、河原は広いし、石粒は無数だし、雑木の木の葉も無数だし、そしてそれらを丘陵はゆったりと囲って無言でいる。人夫さんはただ眠っているだけで、少しも動かない。きっとどれほどか快い眠りなのだろう。神の与えたもう眠り、多摩川が守る眠りとでも言えばいいだろうか。

人夫さんはむくりと起きた。むくりと起きられるのは健康だからだ。起きて、のび一ツしないで、シャベルのほうへ歩きつつ、後頭部を払った。髪から砂がこぼれるのだろう。そうだ！　と思う。このひとの寝ていた下の砂と小石とは、きっとはじめて人のからだの温かさに温められたにちがいない。多摩川のどこのぞれ（山地の崩れた所）から出て来た石だか、つめたい水に揉《も》まれて、ここの河原にあがって、ときに冬の陽《ひ》にうすぬるくぬくめられることはあっても、人間というものの血の温かさを頒《わか》たれたことは、多分きょうがはじめてと思われる。幾千幾万のここにある石の粒のなかに、わずか何十かの石が人間に温められた、——ほんの一ト眠りの束《つか》の間《ま》の温かさであって、すぐまたもとの冷たさに返る石だけれど。

人も石を温めることがあるけれど、石も人を温める。高齢で身寄のない、私のむかしの先生だが、いつも小石をバッグに入れていて、嬉しいにつけ、悲しいにつけ、石を手にくるむ。そこいらで拾って来た砂利は、じきに光ってくる。人に温められているようでいて、石が先生のひとりぽっちを温めているとおもう。石は寂しくは思うまいが、人には寂しさという恵みだか、罰だかが与えられている。

河原に夕がたが来て、また焚火がたかれた。

み　ち

山には鹿《しか》の道、野には兎《うさぎ》の道、畑にはもぐらの道、台所にはねずみの道がある。とにかく何かが、誰かが歩いて行ったあとに道があるので、行ったということが先で、道はあとだろう。

行く——は足を動かしてからだを前進させることだ。健康にとっては歩いて行くことなど何の苦労もいらないことだが、もしかりに草茫々《ほうぼう》の野原へいきなり置かれたとする。太陽は高いし、あちらに村の屋根は見えているし、毒虫がいるわけではなし、——なんだ、こんな草っ原、となんでもなく思うけれど、それが思いのほかというもので、足は草にからまれ、眼《め》は草の下の土の凹凸《おうとつ》を測れず、かなり疲労するのである。どんな小さな行為でも、行為に疲労はつきものだが、はじめに一歩を踏みだした人は、もっと大きい疲労を仕払う。そしてかすかな足跡がのこる。まず行って、そのあとが道になるのだから、道は大勢の行った人の疲労をもって贖《あがな》われたものと言っていいかもしれぬ。

飛行機から見ると、道路はじつにはっきりと筋になって見える。地図で見る道と同じことだが、実物を縮尺で見るのだから感情がある。うねうねに、真直《まっすぐ》に、太く細く、よくもこんなにたくさんつけた道かと感歎《かんたん》するが、さらにこの道を踏み固めたであろう数知らぬ自分たちの先祖のことを思うと、眼の下の道々は浮きあがってはっきりと見える。道というものには、前に希望、うしろに哀愁がある。

昨年北海道へ行って、昼間の汽車で根室へ向っていた。窓外は北海道特有の深い林が鮮明な紅葉をしていて、もったいない豪華な道である。かと思うと、たちまち一変して荒涼と、葦《あし》ばかりの原野の道となる。原野が尽きるとまた山の裾《すそ》へかかる。その一ツの上り勾配《こうばい》の、人気《ひとけ》もない道でトラックがとまり、運転手と助手だろう、二人きりで応急の道路修理をしていた。そのへんから伐《き》ったらしい落葉松《からまつ》を敷き並べているのだが、落葉松の枝は金色にもみじしていて、まっくろな崩れ土の上になまなまと横《よこた》わっていた。一瞬に過ぎた風景だが印象に厚い。道も人も落葉松もあの人気のなさも。――

東京はそろそろ土がおちつく。私は焼跡の家に住んでもう十一年、毎年この季節には、霜で浮いた小石や瓦《かわら》を庭土から拾い集める。その棄《す》て場に困る。ふと考えて、瓦は五分角ほどに砕き、小石と若干の土とをいっしょにうちの前の舗装道路のこわれ穴を丁寧に埋めた。小さいが善《よ》いことをしたという満足があった。自動車が来た。まったく案外だった。速力のある強靱《きょうじん》なタイヤは、いっぺんに私の瓦と石と土を弾《はじ》き飛ばして、充塡《じゅうてん》を半分にへらして去った。

ふと考えたことぐらいでは、道は穴一ツ埋められない。まず行く労苦も仕払わないし、穴埋めもみんごと弾きかえされたなあ、と思う。

掃く

正しくはどう呼ぶのか知らないが、親しく言うならにこよんさんで、三十七、八ほどの女のひとだった。テレビの番組に出てもらって、私が話のきき役にまわされた。

道路の改修工事とか清掃をする。ときにはもっと激しい労働に就くこともある。ふとっている人だが、身のこなしはさすがにきりっとしていて、「この職業の人によく見られる暗い影や、投げやりな調子がなく、明るく働いている」というので選ばれたひとなのである。道路を掃除してどんなことがあったか話してもらいたい、と頼んだ。ちょっと考えていて、「どんなといって、なにしろもうかなり長くやってますからね。はじめからのことをお訊《き》きになるんですか」なるほど、はじめのころにも、今も道路にはさまざまなことがあって、どれを話すか迷うのだろう。

はじめには、折角掃いた道へ犬を連れて来てうんちをさせている人を見て、腹が立った。つぎには、自分は道を掃く人であって、犬にうんちをさせている人を咎《とが》める役ではないのだと覚えさせられた。それで犬の人に頼んでみた。犬の人はあいまいな表情で行ってしまった。話の通じあわない寂しさが、自分と自分の箒《ほうき》と道の上とにあることを知った。そのつぎには、無言で無感情でただ「掃く」だけだと知った。そのころにはもう、掃いたあとをふりかえって、われながら綺麗《きれい》になったと快く思う喜びなどはなくしていたし、そのかわり、いくらきたなくされても、私は自分のしごとは果したのだと思うようになっていた。それがながく続いた。そしてこのごろは、ここは危険の多い道だと思えば、箒のひまから年寄の足もともそれとなく見守ってあげるし、落葉というのは掃かない道に落ちているのと、掃いたあとに落ちているのとでは、様子が違うということも知ったと言い、「こちらの気がおちついてきたんですねえ」

何か嬉しいことは？　と訊くと言下に、「知らない人に、お掃除ありがとうと言われるとき」と言う。——生活に困っていないような人は、ありがとうを言うことに馴《な》れているらしく、あれは生活のゆとりが言わせることばだと、彼女は観察していた。あの一ト言の温かさにつられて、もしこちらが「奥様」などと呼びかけたら、それはそっぽを向かれるだけ、あれはそれだけの分量しかない「ありがとう」である。深い絆《きずな》を持つ「ありがとう」ではなく、ただ単にゆとりのある生活からこぼれ出る、さらりとした挨拶《あいさつ》だ、と承知していると言う。それなのに、やはりそれでもその「ありがとう」に、ぐっと掃除甲斐《がい》を感じて、いい気持だそうな。「――かわいそうに、苦しいもの同士は、ことばだけでも余分なものは持っていないんですよ」

いくつもいくつものことができなくても、一ツだけよくできれば、と教えられている。掃除のこのひとが、だんだんに掃いて取りのけたごみの分量はたいしたものだ。それは道路からだけのごみだったろうか。

毒

東京品川で、虐《しいた》げられた妻が思いつめて夫を毒殺しようとし、誤って子供を死なせたという、悲惨な事件が起きている。傷《いた》ましくてことばがないのである。

夫はよそに女のひとがあるそうで、妻は当然、嫉妬《しっと》してごたごた言ったろうし、夫は妻の言い分に弱みと同時に面倒くささを感じたろうし、その結果は妻の上手《うわて》に出ようとして苛酷《かこく》なしうちをしたのだろうとおもう。こういう気持やことばや動作は、しているうちにどんどん大きく募る性質がある。一度目より二度目のことばはもっとひどく、三度目のしうちは二度目よりまたずっと酷《むご》くなって、しかもその酷さをしている当人はもうあまり感じなくなるのである。妻の毎日はどんなものだったかほぼ想像ができるような気がする。朝、眼が覚めると同時に思うことは、ああいやだな、きょうも又――ということだったろう、かわいそうに。

夫と妻とどちらの性格がより冷たいか、より苛酷かそれはわからないが、なんにせよ冷たさは対手《あいて》の冷たさを誘発するし、こちらが苛酷だとあちらにも苛酷はちゃんと伝染するのである。妻は妻でまた恨みと残酷とを募るにまかせていたのだとおもう。そして子供の生命《いのち》が消えてしまった。新聞から顔をあげて、冬枯れの木々の梢《こずえ》を見ていると、かぼそい女房心がだいそれたことをたくらむまでになる、それが、しみじみと辿《たど》れる気がする。

ああ、このひとはあの操作を知らなかったからだ、と私は思った。あの操作と言っても、たいしたことじゃない、ほんのちょっとした気持の持ちかたのことである。ちょっとほんの少し、気持を転換させる操作を知っていれば、こんなことにならずとも済んだのではあるまいかとおもう。知恵も経験もない私が知ったかぶりにものを言って失礼だが、あのかたは転換ができなかった。残念でたまらない。

毎日していいことと悪いこととある。そこがめどなのだ。家事も稼業《かぎょう》も毎日すべきことだ。すべき毎日のことにはかならず、いいことばかりは続かず、いや気がさすものときまっている。それをどうにかこうにかやって行くのだ。いいえ、このかたも何年かの家事稼業をやってきている。つまりそれは気持もうまく転換させてきた証拠だ。可能の実績は持っているのだ。

嫉妬、それが昂《こう》じての毒などいうことは、決して募らせるままに野放しにしてってはいけないものである。聞けばこれは咄嗟《とっさ》の激情に駆られてではなく、構えてしたことのようだ。ああ、毎日これを思っていたかと察しると、私はうなだれる。——思いつめきれないでうやむやに終るぐうたらのほうが多い。思いつめるということはりっぱだ。だが一種の毒気ともいえる。転換の解毒《げどく》操作は忘れてならないのだ。

嫉妬

嫉妬の感情を知らないという人がいるなら、それはほんとに世にめずらしいことだ。それほどみんなが承知のことである。それだのに、嫉妬とはどんなものなのか、自分の嫉妬は自分の手で追いつめ、ぎゅっと摑《つか》んでやろうと試みたという話は、あまりないようなのである。

たいていの場合誰も、いつということなしに嫉妬を知ってしまうようである。それもかなり小さいとき、すでに嫉妬を知ってしまうのだ。嫉妬の材料になるものは、身辺にあまりにもたくさん散らかっているからだ。おやつの多い少いから、あの子のリボンの幅があたしのより広い、あの人はお勉強もできてそのうえ徒競走の選手だ、おかあさんは赤ちゃんばかり抱いている、等々、そこいらじゅうに散らばっているほとんど何でもは、嫉妬の培養所であり得る。だから、小さいときから人は嫉妬を知るのだ。

子供なのだから、嫉妬の感情を知っても、むろん嫉妬を考えてみることなどしない。知ったというだけで知りっぱなしである。しかも、嫉妬という感情が人前で言いにくいものだということも、なんとなくわかっているから、子供ながらにそこを避けて通るのである。やきもちを焼いたとは人に悟られたくないのであり、体裁よく隠そうとするのである。それでだんだん大きくなってき、こんどは男女間のはっきりした嫉妬にぶつかる。そして、その思ったよりずっと激しい力にふりまわされるのだが、このときもおよそは眼がまわって、ものを考えるどころではない。のぼせているからしかたもないけれど、恨みつらみで対手の人間やその事がらばかりを追いかけていて、嫉妬心そのものを引っ摑む気など起きない。それに、嫉妬とはひどくいやな気持だということは身に浸みわたるから、その上これを追求しようなどとは思わない。そこで又々機会をはずしてしまう。嫉妬をして、嫉妬は大嫌《だいきら》いなくせに、そいつを手のうちに握りこなして、上手に取りおさえて行こうとはしないのである。だからそのつぎもまたも一度、嫉妬にしてやられることになる。

A子とB夫はお互にいや気がさしてきて、おもしろく行っていない夫婦仲だった。C子D吉夫妻から晩食に招かれて出かけたのだが、C子夫婦は評判のおしどりである。あてられたというのか、A子は俗に言う法界悋気《ほうかいりんき》で、C子に嫉妬を感じ、D吉が急に好もしく思えた。するとたんにC子が、自分の亭主のB夫に、必要以上と思われる食卓の世話を焼いているようなのだ。いや気がさしていても、ぐっと波立った。それでA子は頭がへんてこになって相談に来たが、私は第三者だからのんきで、おかしくてたまらなかった。「へんなものねえ、嫉妬の分析でもしてみたら?」A子は腹を立てた。

だがA子はのちに「私の嫉妬は混乱型だわ」と言っていたから、ある追求はあったのだ。

そう、嫉妬も勉強しなくては、風趣があがらないらしい。

あわて

悲しいと涙の栓《せん》が脱けて涙がこぼれ、嬉《うれ》しいと声の蓋《ふた》があいて歓声をあげ、ぎょっとおっかないと腰骨の錠が外《はず》れて立てなくなり、どこぞ痛いと締金《しめがね》が締めあげられてからだが曲るし、しまったと思えば蝶番《ちょうつがい》が閉じて頸《くび》が縮む。人のからだには鍵《かぎ》がたくさんあって、うまいこと外れたり掛ったりするものだとおもう。平凡人は自分のわずかな得手《えて》を通してしかものを考えることができないそうだが、私はながく主婦でやってきたので、つい人のからだと頭の働きのことなどは、朝晩かけたり外したりする錠とか鍵とかで思ってしまう。きっとお医者様に言えば噴きだして笑われるだろう。

慌《あわ》てるなどということは私にはこんなふうに思われる。おちつきというかなり重い蓋があってかぶさってい、その下に慌てという、これもかなりな強力《ごうりき》ものがおっぺされてその足の下にはばねを踏んでいる。あるとき慌てではっとする、夢中な力で蓋をおしあげる、同時にばねの鉤爪《かぎづめ》は外れ、慌ては跳《は》ねあがって申しぶんなく慌てて駈《か》けだす。

私はもう若くないのだから決して慌てたくはない。だから慌てたあとで考えてみるのだが、どうも重石蓋《おもしぶた》も目方が足りないし、ばねの弾力の強いわりに鉤錠の爪が浅いらしい。はっきり言えば、からだのなかでここの錠の出来はやわだということだ。

数え年の十くらいだったろうか、寝入っているのを起され、身じたくさせられ、ひどく寒かった。近火だと知らされた。半鐘が鳴っていて、ざわついている。一枚あけた雨戸の外を見たら、火の粉が庭じゅうへころころほろ散らかっていた。学校道具！　と思って机のところへ行ったけれど、ふだんが投げやりだから、さあ必要なものが揃《そろ》わない。そしてそこで腰がぬけた。「慌てたときは閾《しきい》を舐《な》めるとなおる」と言われた。へいつくばって舐めた。人々が笑った。恥かしく、腹が立った。そしたら腰もなおっていた。身にしみておぼえた。

娘盛りのころ、インキビンが倒れてインキがこぼれ出ている形に作ったおもちゃがはやって座興につかわれた。私はまんまと慌てて台所へ飛び、雑巾《ぞうきん》を持ちだして喝采《かっさい》され、赤面した。でも意外なことにうちで褒《ほ》められた。慌てるほうがまっとうで、笑われたことは座興にすぎない、慌てた素直さはよろしいと言われた。正直に慌てるのは愚ではないのだと気をよくした。それが心に浸みた。

それから、寒の冷えが強くて水道管が凍って破裂したことがあった。どっどと水は廊下へ溢《あふ》れ、玄関へと流れた。あっとばかり仰天して、雑巾とマットを持つと水の中へはいった。都会の水道管の水は冷酷無残の冷たさであり、足のうらから心臓へ錐《きり》をさされた感じで、悄然《しょうぜん》と退却。慌てたのが恨めしかった。

みんな、くだらない慌ての記憶だ。しかし、くだらなくてもこうして覚えているのは、私にとって何かの鍵、いや、一生の宝かもしれない。

朝の別れ

ある雑誌社の人と五日ばかりの旅をした。軽い用事もあるにはあったが、旅行の主な目的は鳴門《なると》の渦《うず》を見物させてもらうことだった。だから遊山旅《ゆさんたび》といっていい。鳴門は小学生のときから、見たいと願っていたのだから望みを果して眼《め》の福を感謝し、私の旅はそれで終ったわけだが、社の人はまだまだ京大阪にどっさりの用事を控えていた。私は朝の早い飛行機で、一人さきへ帰京することにした。

その朝は早く眼がさめた。快晴だった。きょうは一人で帰るのだと思うと、ひとりでに早くさめたのだ。旅は旅ですべて楽しかったし、帰ろうとすれば帰りもまた楽しくて、快晴の早朝がさらに気に入って、私はすこし裾短《すそみじか》に着物を着た。

朝が早いからと前夜くれぐれも辞退しておいたのに、社の人はきちんと身繕いをして玄関に待っていてくれた。シャツの襟《えり》が清潔に反《そ》っていて、いま剃刀《かみそり》と櫛《くし》を置いて来たという新しい男前で立っていた。

さすがに大阪で、朝早く人通りは少くても街は活気がある。日航事務所まで見送られ、そこで別れて私はバスに乗る。バスの高い車体から見ると、上半身に朝陽《あさひ》を浴びた社の人は、大阪の活気をバックに微笑して見送っていた。はっきりと、この働きざかりの人に、五日間を庇《かば》ってもらって旅をしてきたことを思った。バスが動いた。その人へ風が吹いたように見えた。さよならと、きっとそう言ったのだろうとおもう。短いことばらしく、こちらも「さよなら」と答えた。膝《ひざ》の荷物を置きかえてふりかえったら、まだまっすぐにしていた。ことさらに固苦しいのではなく、ちょうどよいほどに行儀がいいのである。

飛行機は予定のとおり飛び立ったから、私はそれこそ朝陽の大空の上を浮かんで行った。その明るさは地上とは趣が違う。誰憚《はば》かりもない光りかたをした明るさだった。それなのに私は少し寂しくなっていて、朝の別れでも別れはやはり心の残るものだなどと思った。

言ってみれば、この別れは楽しい別れであって、気にかかる難は一ツもない別れである。旅は興深く済んで、いやなことはなかったし、帰るさきには家族が待っているし、あとに残して来たのは元気な若もので、これからまだしごとをしようとして意気さかんなのである。しかもこんな上天気なのだ。どこにも難のつけようはない。さびしくなったなどというのは、栄燿《えよう》の餅《もち》の皮（不必要なぜいたくをする意）みたいなものだ。でも、私は大空の明るさを飛んでいて、ずっと一ト刷毛《はけ》さびしかった。これといってさびしい原因になるものは、いくら捜しても見つからないのだけれど、しいて言えばバスが動いて、行儀のいいあの人に風が吹いたように見え、聴きとれなかったけど、たしかさよならと、……そして自分も上機嫌《じょうきげん》で「さよなら」と返した。その一連のことがさびしいことらしかった。

客のあと

　これがほんとうのきさらぎの寒さだ、と言いあったのだが、お茶をいれに台所へ起《た》つのが億劫《おっくう》なほどきびしかった。それで薬罐《やかん》やらお茶筒やらをそこへ持ちこんで、おせんなども体裁なしにがらがらとあけ、蜜柑《みかん》は勝手に取って――という無精《ぶしょう》なやりかたになってしまったのである。こういう無作法さも部屋や調度がりっぱだとか、主人の人柄《ひとがら》がいいとかすれば下品にもならないのだろうが、私が私の散らかった部屋でこんなふうにやりはじめると、たちまち埒《らち》がなくなる。外はあまり寒かったので、その寒さが座を親しくさせているような傾きもあったし、内輪のようなその無作法さに気が軽くなってか、お客さん二人は愉快に話した。

　用件は最初に済んでしまって、ただ雑談である。人の噂《うわさ》をするのでなく、めいめいのしたこと会ったことを話した。その人のしたそのことというものは、又聞きなど違って、その人の性格なり習慣なりがあやまたず現われているのである。おもしろかった。

時間がたった。部屋は温かくなっていたけれど、それにもかかわらず、夜のふけたせいか、どことなくひやひやした。所詮《しょせん》は蒲団《ふとん》のなかに入らなくては防げないような冷えであった。「どうも長居を」と言う。送り出して、その玄関の寒さ。主客同時に「おかぜを」と言って笑った。が、なんとしても胴顫《どうぶる》いの来る寒さである。靴《くつ》がさぞ冷たかろうと思った。いかにも、これから帰って行くという背中だった。いままで話していた楽しさと、これから帰って行く道の寒さがお気の毒なのといっしょになってせめて小門へ出て見送った。と言っても狭い家の、玄関と小門とはたった三歩だったけれど。——星のうすあかりに電柱が痩《や》せて見え、だあれも歩いていない道だった。

客の起ったあとの部屋は、無作法がしらけていた。茶筒が畳のまんなかに立っているのなどがばかに貧乏貧乏していた。電灯がさっきより明るくなったようで、それもなにかゆるりとさせない気味がある。早々に座蒲団を重ね、茶器を一ト纏《まと》めにしていれば、部屋はもうどこにも寄りどころなくがらんとして、火の始末をすれば正直にすうっと空気が冷えた。冬というものはえらくはっきりしている、いとも当然のように人を追いやりたがる。いままでの冬もこんなだったか、と思う。

そんなことを思う一方、私はそそくさと寝具を敷きのべていた。家人の床のことまでさし出口をしていて、遮二無二《しゃにむに》、早く横になろうとしていた。――なんとがさつなのか、いま人を送り出してそのあと、懐《なつ》かしく思っていたというのに。

齢《とし》をとったと思う。若いときには今夜のように楽しい客でなくても、夜、客を送り出せば、あとの心はしなやかだった。

尾花栗毛

旅だちのあさ見送られれば朝の思いがあり、談笑の友をよる小門に送りだせば夜のおもいがある。人情と朝晩とが、いえ、人情と自然とがつながりあうと、影が深くなって、だから逆に浮きがはっきりするのだ。私はそこが楽しくて好きなのだ。しかし若い人にはどうだろうか。

私もおぼえがある。若いときピクニックに行ったりして、たいそう愉快に遊んで来るのだが、どんな景色だったかと言われると、だいいち地形さえがよく言えない。あそこへ着いたときは十時で、それでおてんと様がこう射《さ》していて、あっちのほうに丘が見えていて、ええと、だからあれは南向きなのかしら、川のそばの窪《くぼ》んだところなの、などと言うからすぐ揚足を取られた。「ばか言ってらあ。川のそばで窪んでれば水っ溜《たま》りだろう、しかも南向きで上天気とあれば、日向水《ひなたみず》で行水《ぎょうずい》としゃれたか」

癪《しゃく》に障っても言い返しができないのだった。若いうちは自然に無頓着《むとんじゃく》ではないけれど、無頓着と同じくらいなのである。小説なども風景のところへ来ると、じれったくて飛ばして読んでしまう。風景より人情をさきにするのである。

えにしだという花はすなおな青い枝へ、むらがって咲く黄色い蝶《ちょう》がたの花である。黄色だけならいいが、芯《しん》の部分が葡萄茶《えびちゃ》いろになっているのがあって、これはもったりとしつこい。それで抜いてしまおうとしたら、老人に「花なのに、女なのに、愛のすくない」とたしなめられた。ぎゃふんとして、でも若かったものだから当面のぎゃふんだけで済ませてしまったが、こういつまでも記憶しているところを見ると、相当な当身《あてみ》を一発頂戴《ちょうだい》していたのだろう。えにしだという花より、自然というものへ対《むか》う私の心の狭さ――と同時に、そのやりかたの酷《むご》さを指摘されて、痛かったのだとおもう。

広い心でないと自然には対《むか》えないし、心はそのままでは広くはできない。広くするようにつとめて習慣づけなければだめなものらしい。若いと心の動きが早く追われるから、そんなつとめてする面倒くさいことなどできないのである。自然なんかいらなくて、人情だけで結構おもしろいのである。

ある牧場へ行って、ふと尾花栗毛《おばなくりげ》と呼ばれる栗毛馬を見た。めずらしい毛色だった。すすき尾花の穂のような色で、なんともはやぼやぼやの鈍馬に見え、あわれでさえあった。あわれのゆえに心にとまる馬だった。それが北海道でびっくりしてしまった。たれこめて灰色の低い空である。風波立っている海を見おろして、広漠《こうばく》たる無人の秋の放牧場である。まちがいなくあの色の馬が一頭きり、だあっと勇んで鬣《たてがみ》もしっぽも振い靡《なび》かせて走っていた。ぼけた尾花いろは鉛いろの空の寂しさと、不《ふ》凄《すご》い海とをおさえてなんと優秀だったか。つくづく私は自然に心ひろくなくて、不謙遜《けんそん》である。自分の阿呆《あほう》もさりながら、あのぼやけ馬があんまりりっぱで、感動で涙がこぼれた。

新製品

動物は全身に毛を着ているから毛のもの――けものだけれど、それにしてもなんといろんな毛を纏っていることか。尾花栗毛のようにへんな色の毛を着せられて、着かえることもできないでかわいそうだと思うけれど、それは人間から見てのことで、当の馬自身はなんとも思っていないのかもしれない。むしろ、「見てくれ、この衣裳《いしょう》を――」と誇っているかにも取れる。一生一枚きりの着物である。不自由なような、羨《うらや》ましいようなものである。

デパートへ行って見学すると、実にたくさんな布地が揃《そろ》えられている。ぞくぞくと新らしい化学繊維ができてきて、それが毎年のように進歩するのは嬉《うれ》しい。二十年ほど前にはじめてスフができたとき、あれを買った人たちは何か記憶に残ることはなかったろうか。あれははでな色や柄《がら》だったから、さだめし子供用に多く使われたと思う。私も紅《あか》い花模様で小学校二年の娘にワンピースをこしらえた。娘はなんだかそれをあまり好まなかったが、おとなしい子で衣服に文句を言わず、私は母親の勘で好まないらしいと推察しているだけだった。その夏は東京は酷《きび》しい暑さで、老人がつらがるので御殿場へ避暑した。学校が休みになると、娘を連れて私もそこへ行った。

富士をちかぢかと見てその家は涼しかったし、まわりには青いものがふんだんにあるし、外人別荘などもあってちょっと肌《はだ》の違うおかしさがあった。なぜなら、八百屋へ行って胡瓜《キュウリ》をと註文すると、「お待ち遠さま、へい、キューカンバー」とあちら語で渡してくれる。いまならおかしくないが、二十年まえだと異色ある八百屋風景だった。

ある午後、娘はバスに乗って遊びたいと言いだした。どこへ行くという当てはなくて、ただバスのドライブがしたいのである。気軽に、着物なども茶の間にいたそのままで、私は手拭《てぬぐい》ゆかたにこうもり、娘は例のスフに麦ワラ帽、ぎらぎらする太陽だった。乙女峠《おとめとうげ》へ行くバスが来たのでそれに乗った。

行くほどに曇ってきた。峠で降りていらいらと、帰るバスを待つのだが、これが来ない。風がざわめきだした。ぽつりと来る。たちまち風が大きくなるし、雨は横なぐりになる。谷からあがって来る風は夏を吹き散らして冷たい。おとなの私が鳥肌になるのだから、娘は顫《ふる》えていて、あわれな声で「この洋服、風が吹くととてもつめたい」と私の手を握った。その手が小さくかわいかった。見ると唇《くちびる》が紫色で、麦ワラ帽からはみ出た髪が濡《ぬ》れて、眼だけが青く澄んで、――それは母親への信頼であった。

傘《かさ》を横ざまに風を防ぎつつ、スフの服の下へ手を入れて試みると、なるほどスフは風のたびに小さい子の体温を奪っていた。私はもう十分してバスが来なければ、自分は裸になって、せめてほんものの木綿である手拭ゆかたを娘に着せようと真剣だったが。

将来性のあることなら新製品の不出来は咎《とが》めたくないが、子供にさきへ試みさせたくはない。

汽車

さきごろ、こだま号その他の機関車に載せてもらって、雑誌に記事を書いたのだが、書きかたがへたで、いろんなことを書きこぼしてしまった。その書きこぼしのなかで、特に心にしみついていることを二ツ、この欄を借りて書きたい。

こだま号はいわば時代の花形である。沿道の子供たちは時間を計って、線路ぞいにずらりと並んで、一瞬の通過を毎日あきずに見に来るのである。むろん大人にもこの速さと車室とは歓迎されている。私もこだまはいいと思う。でもこだまの好もしさと同分量に親しく思うのは、シュッシュッポッポの蒸気機関車だ。こだまよりもっといい電車が出現しても、煙を吐いて走る汽車ポッポの姿は忘れられまいとおもう。

その運転士さんと助手さんである。なんとしてもあれはもう古い代物《しろもの》だから、情容赦もなく人の労力を食う。あそこに同乗して見ればわかるが、大車輪のはたらきというのはこの人たちのことだとしか思えぬ。汽車の車を動かすために、人はもっと大きい車になって働いている感があって、いたましくて困るのである。その上にこの蒸気のおかまは老いて気むずかしいから、運転にも投炭にも技術はうんと要求されている。トンネルのなかなどへ入るとほんとに、「こんななかで亭主や息子を働かせちゃおけない！」という女心が出る。

一方には小面倒な数の計算さえ、ひとりでできる器械がある世の中に、一方では人間がまっくろけの大車輪だ。それでもその機関車は幾むかしか前には、時代の花形であり、今日なお老残の身に山坂を駈《か》け回っているのだ。そう、いたしかたない。使えるうちは働くのが義務だろう。だが、この型はあともう製造されない、やがて廃棄されるのである。それもしかたがない。ただ乗務員だ。機関車が廃棄になるなら、運転士のこの技術もこれまでの労苦もいわば行きどまりになるのだ。「ですから、改めてむずかしい電気機関車の勉強をしなおすのです」平穏にそう言う。だが中年になって改めての勉学は楽でない。若い助手さんにしても途中からでは、忍耐のいる勉強だろう。しかも現在の日々はまだ蒸気を動かして、あえて精励しなければ職務はつくせないのだ。切りかえどきにいる人は気の毒だ。不平も文句も言わず、勉強する、習うとあの人たちは言った。進歩もえらいことだが、進歩に黙々と従う人に勇気を見るのである。

そして車庫を出れば、折から冬の短日は暮れようとして、西の空だけが明るく、温度はぐっと低く夕風がある。露天の機関車置場には古めかしい型の、比較的新しい型の、いろんな機関車が、西の茜《あかね》の片明りを受けててろりと黒く、いまは静かに休憩していた。働くものの、働いたもののひっそりした威厳ある休息であった。ありがたい人たちと機関車たちだと思った。

こぶの花

ものできる人を見ていると、そのできかたに二種類あるのがわかる。ひとつはすんなりと達成した人で、もうひとつはこぶの上にでき上った人である。

すんなり達成した人は、生れつきの生地《きじ》からしていいのである。たとえば地声がすでにもういい声なのである。そして教えてみると節も拍子もぴったりと外さない。出来がいいのである。うれしいから当人も先生も親たちも精がでる。めきめき上達する。世に出てからも障りになることが少なく、時と共に芸にも人柄にも厚さが増す。生地もいいし、育ちや養いもよくて、いかにもすんなりした出来といえる。

こぶの上にできあがるというのは、欠点弱点を根にしている人である。生地にまずいところがあるから、出来がわるいから、それだからでかしてしまう人なのである。声がわるくてどうにもならないから節まわしでごかしてしまう。あるいは声は駄目《だめ》だけれど、どうしても音楽が思いきれないのだから、せめて声よりはましも分のある指を使って、ピアノを弾く三味線をひく、といった出来かたをする人である。生地に恵まれず、習得にも骨がおれていて、こぶになっているのである。せつないできかたである。

割に、こぶの人は多いのである。どもるくせはずいぶんお気の毒なことだが、どもるから大層上手に話す人がいる。ひと昔まえは和裁が出来ないと相当なひけ目だったが、どういうものか運針が性に合わなくて、いやでいやでたまらないので、泣きぬいたあげく本職の裁縫師になった人があった。持病をもってしまった人が、上手に健康を保って働きつづけているのも、一種の「こぶの上手」である。不出来が出来のもとになるのである。花はすんなりしたものの上にも、不出来の上にもこうして咲くが、どちらが大きい花か、そんなことは問題ではあるまい。花が咲くことは嬉しいのである。

私のうちに五年いっしょにいた学生さんがある。几帳面《きちょうめん》な勉学生活をし、几帳面な字を書き、金銭にもごく几帳面なのに、その金銭の出入りを記帳するのが大きらいだった。彼は我慢してふうっと溜息《ためいき》をつき、観念をして、それから克明な細字できらいな帳面づけをした。私はそれが自分も大きらいで大下手だったから共感もあり同情もしたが、失礼にもにやにやと笑いもした。

またたく間に卒業、帰国になった。名残りおしく別れた。彼はすんなり組の好青年だったから、いろいろいい想い出《おもいで》があったが、私には彼がこぶの故《ゆえ》にことさら丹念につけていた金銭控が印象ふかかった。私は彼のこぶへ自分のこぶを結びつけて、それ以来金銭帳をつけている。怠けそうになると、彼の観念した顔を思い浮かべる。去年あたりやっと一年無休で記帳したから、小さい花がついたわけだ。宿り木的なずるいこぶだ。

鳥の絵

ある展覧会に宗達《そうたつ》の「蔦《つた》のほそ道」が出ているというのを、あすが会期の最後の日だというとき聞いた。写真でしか見たことがなかったから喜んで出かけた。

なにしろおしまいの日なので、混雑していて、絵巻物などのところは二重にも三重にも人がかさなって、てんで近寄れない。それでも目的の蔦の絵は、ものが屏風《びょうぶ》だから人の頭のうしろからでもゆっくり見ることができて、しあわせをした。金地へ青く蔦を置いたものだが、一ト目見るとふっと、その蔦の道へ自分を持って行かれてしまう力なのである。デパートの何階かだということが消えてしまうのである。ほそい山道を行く自分の頰《ほお》に、蔦の蔓《つる》さきが触れもするように思い、この葉は谷の風に湿っているか、この葉は陽《ひ》に透けて影が青いかなどと思うのだった。デパートの床の上に画中の道を踏むのである。

押されて順々に行くと、また一カ所、人溜りのしているところへつかえた。背のびをしてちらりと見えたのは墨絵だった。何の鳥か、ちらりとだけで、こわい鳥という気がした。宮本武蔵《むさし》だという呻《うめ》きが前のほうから伝わってきた。これもかねてコロタイプなどで見たことのある絵で、そう聞けばうなずけるし、興味も掻《か》きたてられるのだが、それは誰もみな同様だと見えて、人溜りは動きはせず、じれったがってうしろからは押すし、押し返すし、そのうちその一団から押し出されてしまった。

どうしてみようもないから、残念ながら見ずじまいで立ち去ったけれど、なぜこわい鳥だと思ったかが気にひっかかった。武蔵は古今の剣士だろうが、ちらりと背伸びで見た絵に気負けさせられたのでは、あまりに情《なさけ》ない。何の鳥がどちら向きにとまって何をしているのか、同じ気負け位負けするなら、ゆっくり対面してからにしたいものだ、と思うのだ。

きっと武蔵という人は、ずいぶんはっきりと物の形を知っていたろうと思う。剣を振《ふる》うことは、一度あやまればそれで終りなので、二度目というものはない。とすれば、武蔵の眼は映画のカメラほど確かに、対手《あいて》の体《たい》の流れの一瞬一瞬を脳裏に写し取ったに相違あるまい。おそらく剣のあとで武蔵に、連続見取図のようなものを書かせたとしたら、いまのお相撲の、取口の分解写真みたいなのを書きはしないかと考えられる。戦いのなかに物の形を正確に見る修練をした冷徹な眼が、鳥を描くのはなんでもなかろうし、何百年のちのデパートの混雑のなかで、一老女がなんだかこわい鳥だといかれたのも、当然かもしれない。

外へ出てタクシーをひろう。運わるく神風と呼ばれる乱暴運転である。車のなかで娘と二人、がたがた揺られる。武蔵はこのくらいなタクシーでは泰然としているだろうが、いきなり月ロケットへでも押しこんでみたいな、と思った。

故郷のことば

お正月からからだの調子をわるくして、ほとんど外出もせず二タ月をすごしたが、やむを得ない用事があって着ぶくれて出かけた。少し走って自動車は川を渡る。この川の橋三ツ上《かみ》の東側は私の生れ故郷なので、思わずそちらを透かして眺《なが》める。しばらく生れた土地へも御無沙汰《ごぶさた》しているので懐《なつ》かしく、二月末の夕潮のふくらみも久しぶりに見るのである。両岸とも灯《ひ》が入って、陸《おか》は低く這《は》ったように黒い。さんざさん知っている景色なのに、川というものは不思議にいつ見ても新しく感じられる。靄《もや》が川上だけにかすんでいる。あの靄は暖かだったか、冷たかったか――むかしここに住みついていた当時の私は、そんなことなど即座に答えられたのに、いまはもう忘れている。渡し船の老船頭さんは私のいい教師で、こんな晩の雨は薄情に降るとか、ああいう靄のなかを漕《こ》げば鼻の頭に露がたまるとか、教えてくれたのである。

船頭さんばかりでなく、いろんな教師みたいな友達みたいなものを私はもっていた。八百屋さんとか植木屋さんとかである。そのころ、職業の性格のことをよくみんながいってきかせた。さかな屋は向う意気が強く、八百屋はもっさりとのろく、大工はいなせで、経師《きょうじ》屋さんは行儀作法がよく、畳屋に大ぼらを吹くものはいず、木舞《こまい》掻《か》きさん（壁の下地にわたす竹組みを作る職人）は浮気もの、といった言いならわしである。そんなものかと思っていたが、いまはどうだろう。そして、その人たちもいま存生かどうか。川上を透かして見れば、ひとりでにむかしのみんなの顔がうかぶ。いろいろ教えてもらったとおもう。

植木屋のじいさんが、「あなたもやがてお嫁にいらっしゃって、奥様と呼ばれなさいます。そのときに庭師を上手に使ってくださらなくては困ります。よろしうございますか。庭の植木というものには、かならず眼《め》を休める場所がこしらえてあるものでして、お座敷に坐《すわ》ったお客様と御主人の眼が、ちょうど無理なくそちらへ向けられるところへ、植木屋は気をつかっております。庭のなかにはそういうところが二、三カ所は、かならず用意してございます。どうかそこを見てやっていただきとう存じます。そうすると植木屋も心に張りができまして嬉《うれ》しいものでございます」と教えてくれた。

そんな教えはこの齢《とし》になると、身にしみて思いだされる。眼を休める場所が用意されている、とは嬉しい。それもそんなにお金のかかった庭ではなく、常緑樹《ときわぎ》が何本かしかない普通の廉《やす》い庭だったのに、律義《りちぎ》なものだったといえる。廉い庭とか金目の庭とかではなくて、植木屋の誇りというものだったろうか。私はいい奥様にはなれなくて、町の一隅《いちぐう》にごろっちゃら乱雑に住んできた。自分でも眼を休め心を休めることができないでいるし、人にもそう用意することができずにいて、あのおじいさんの顔に恥かしい。

千字

家人が読みさしたのか偶然かわからないが、卓の上に雑誌があって頁《ページ》がひらかれていた。部屋へはいってそれをみたとたん、この字は誰の字だか知っている字だと思った。この雑誌は毎月贈られて来るもので、書《しょ》の雑誌である。いつも拓本《たくほん》の類《たぐい》やその月の作品発表などが載っていて、ほかの雑誌とはちょっと趣《おもむき》が違う。だから拓本の黒い地《じ》に白い文字が飛白《かすり》になっている頁がひらかれていれば、その雑誌だということは一ト目でわかるのだが、手にも執らないうち、部屋の入口に突っ立ったままで、誰か知っている人の字だと見取ったのである。見なれた字、という気がした。

こんなことは私には驚きである。大体、習字などということがしていられないふわつき性なのである。人様の書いた字をじっと拝見していることもできない。おちつきがないので、よく言われた。「お尻《しり》に空気が入っているのだろう」と。よく書くことへ私は結びつきかねて、とうとう老いてここまできたのである。それを、そんなに早く見たとたん、知っている字だと思ったのである。智永《ちえい》の字にまちがいないと思って、手に執って見れば、やはりそうだった。智永の千字文《せんじもん》である。数えれば四十年も御無沙汰をしていて、突然、古い先生に逢《あ》ったのである。成績のわるい生徒がちょいと一学期だけ教室にいたのだが、どうやらそのときの先生を忘れなかったらしい。

われながらいい気持であった。しかし、先生の力というものは強い、と感心もさせられるのである。頁がめくれていたところは私が習わなかったところである。千字文は千の字だ。私は何字習ったろう。二十四、五しか習わない。千対二十五では最低の部だけれど、よくも空気入りのお尻で二十五字を我慢したものだ。なぜそんな、好きでもない習字をするようになったかといえば、祖母が命令したからで、祖母の命令の原因は、私がばか大きい字を臆面《おくめん》もなく書く子だったからである。大きい字を書けば、へたの広告にひとしい。小さく書けば、あらは見えないで済むかもしれないものを、自分で拡大鏡をあてたようなまねをするから、祖母をして命令をくださせる段になったのである。

そこで父親が智永をくれた。空気入りだと罵倒《ばとう》したくらいだから、まさか私が千字を習いあげるとは思わなかったろうが、二十五字とも思わなかっただろう。千字習えば千字の苦しみがあったものを、二十五字でよせば九百七十五字分らくだったのだし、千字習って千字が財産になるならば、私は九百七十五字分の財産を失ったことになる。お師匠さんの智永さんも命令の祖母も、それから父親も誰もあの世から文句は言ってよこさない。

なんでもいい

入学と就職で試験の話ばかりである。みんながあまりぴりぴりしているので、そういう人に来られると、私のように老女がひっそり暮している家では、空気までが感応してぴりつくように思うのである。実に試験期の若い人たちは敏活で、まさに「打てば響く」のことば通り、そしてなんと物知りなのだろうと驚かされるのである。ことに就職の人こそあっぱれである。世界情勢・国内状態は言うまでもないし、ファッションから映画女優さんの噂《うわさ》ばなしまで、知らないものはないらしい。これでなぜ落第する人が出るのか、ふしぎに思う。

でも、なかにはずいぶん気に入らない人もある。一年のうちに一人や二人はぶつかるのである。だいたい私のようなものに就職のことを言って来るのからして「ちと弱い」と言うべきだが、見れば外側はきちんとしている。髪も髯《ひげ》もきれいになっているし、服はじみな紺でおとなしいカットというところ。「御希望がおありなんでしょ？」「はあ、そりゃまあ一流のところと思いますが、どうせそういうところはだめでしょうから」「私のところへ頼みにいらしたことを考えると本屋さん・雑誌社・出版社・印刷会社といった職業を？」「はあ、お願いできればと思って」「私の紹介などはほとんど役に立ちませんよ。とにかく実力がなくては」と言うと慌《あわ》てて「いや、雑誌社にかぎりません。どこでもいいのです。なんでもいいのです。入りさえすればいいのです」――ばかを言っちゃいけない、そんなことってあるかい、と言いたい。どこでも何でもというほど真に切迫した事情があるわけでもなく、ぬらりとそんなことを言いだされると腹が立つ。でもこういう人もあるものだ。こちらが最低だから、類は友を呼ぶ、目の寄るところへ玉、ということなのかもしれない。

しかし、これは男より女に、ことに中年のひとに多い。中年で働きはじめようというには、いずれも不幸不遇をしょっている人たちである。普通なら中年は主婦としても母としても、それこそ生甲斐《いきがい》の溢《あふ》れている齢ごろだ。それをひとりぽっちで働きはじめるのは、それぞれ気の毒な事情のないはずはない。それだから同情はしているのだが「特別なことはなんにもできませんでねえ。なんせ結婚してずっとやってきただけですから、何もできません。どこかいいとこないでしょうか。なんでもいいんです」と言うのでは、こちらは困りきってしまう。御飯たきの一ツがよくできれば、すし屋さんへ世話ができる。ミシンが踏めれば洋裁所へ話してみる。おしゃれが好きと言えば、それもまた考えようがある。ほかに何の取柄《とりえ》もないが、洗《せん》濯《たく》だけは知っています、現在出回っている洗剤はこれこれ、糊《のり》はこれこれ、洗濯機はしかじか、アイロンはしかじか、いかがでしょう使ってみてくださいまし、くらいは言ってもらいたい。

「できない」を看板にして、なんでもいいです、などは困りものである。

二月尽

二月が終る。

ことしはからだの調子がわるくて、休んでいる日が多かったせいか、いつもの年と違って二月の二十八日間を短くは思わなかった。毎年、二月には、何かもの忘れをしていはしないだろうかというような、あわただしかった気がするのだが、病気でひきこもっていたおかげで、たっぷりした二月だった。

暦の上ではこの月のはじめに、すでに春になっているのだが、二月はやはりきびしい気候の月である。病んで床にいても、ものの音で寒さや冷たさがわかる。ガラス格子《ごうし》のくるまの走る音とか、かつぶし鉋《かんな》の音とか、散薬の包み紙をひらく音とかが、みな寒気を知らせてくれるのである。ことに家人が寝静まっている夜ふけ・あけがたに、ひとりで聴くものの音は、ふだんが「眠り上手」といわれるくらいよく眠る私にとっては、なかなか興のあるものだった。台所の時計は、半に一つ打つ式のもので、十二時半に一ツ、一時に一ツ、一時半にまた一ツと、三度一ツを打つ。その時間中を完全に覚めていれば時刻は間違えないが、浅く眠ってうつうつと聞けば、一時なのか一時半なのか、十二時半なのか、それを気にしはじめるとはっきり覚めてしまって、必要もないのに次のが打つまでの三十分を待っていたりする。そんなときにいきなりぜんまいがジャランと戻ったりすると、掛けている蒲団《ふとん》がすっと重さをへらすような気がするし、闇《やみ》のなかへほうっと息を吐くと、返す引き息につめたさを感じる。一時、一時半の一点打は、聴くこちらよりも時計のほうが、よほど神経過敏みたいな音を出すからいやである。

その時刻には道路の物音はさすがに少い。それでも東京の町なかのことだから、人も歩くし、自動車も通る。自動車のことに疎《うと》い私でも、いま行くのは高級車だとわかる。タイヤが道に吸いつくのだか、吸いついて剝《は》がれるのだか、あの音は二月の夜ふけに聴けば、糊とか膠《にかわ》とかを連想させた。それにくらべれば靴《くつ》の音は単純至極である。いやなのは消防車の、サイレンよりもあの重量。

たしかに月はなとくらべると、月末はずっと春に近づいたとおもう。あけがたは牛乳屋がきまって坂の下からあがって来るが、その牛乳壜《びん》の触れあう音はよほどゆるんできた。寒いとカリカリカチカチと聞え、このごろはからんからんちろんちろんと聞えるようになった。んの字だけ余計に伸びたのである。遠い汽車の笛などもぷおうと曳《ひ》くように聞える。

家普請《やぶしん》を春の手すきにとりつけて

という句が七部集にある。おもしろみの薄い句だと思っていたが、二月を病んでみて、この句の季感と音に慰められた。二月は旧暦の正月で、いなかは手すきである。建てましか修繕か、大工を頼むのか、とうちゃん兄ちゃんの鉄鎚《かなづち》か。

ようやく癒《い》えようとして、枕《まくら》の上に普請場の物音などを思ってみれば、心なじんで二月を終る。

三月

さあ三月になった。三月はえらく迅《はや》い月だ。とっとと様子が変ってしまう月だから、まごまごしてはいられないのである。それをよくよく承知させられたのは、雑文を書きはじめて二年目のことである。

作文をしている途中で、へんなふうに気が凝《こ》ってしまったのである。肩が凝ると頸《くび》の付根のところに固いぐりぐりができて、血行が滞《とどこお》ったようになるが、気が凝るというのもやはり同じで、つかえ塞《ふさ》がって流れない感じがある。つかえたという気色悪さと、へたに爆発したくないという不安とを持たされるものである。肩が凝ったのなら按摩《あんま》さんで済むが、気が凝ったのはそう手取早く渫《さら》えるものではない。気がつかえているから書けないし、書けないからしごとは溜《たま》るし、溜るから追われるし、追われれば逃げたくなるし、逃げたいから逆に居すわろうとするし、居すわるからなおのこと気は凝る。さんざんなその三月だった。

　家事雑用もときによるとひどく停滞させてしまうことがある。それを捌《さば》くのはむしろ一種の楽しさがある。体力にものをいわせることもできるし、方法も私はいくつか考えられるのである。気が凝ったのは、家事の停滞とは違って、うんと辛気《しんき》くさいものだった。若かったものだから、自分で自分の気持をあやなすことに気づかず、体力で無理押しにねじ伏せる解決をしようとした。按摩で凝りをほごすのではなくて、凝って滞ったままで書いては消し、書いては消し、同じことしか書けないくせに大急ぎで消してはまた書くのである。文章は変らなかったが、からだがまいってきたら気も萎《な》えて、凝りが抜けた。おばけの尻尾《しっぽ》に似ていた。約一カ月、あげ膳《ぜん》さげ膳で、強情に机へすわっていた。

　つまり、洋々と海の上へ吹きぬけたのでもなく、深々と地に穿《うが》ったのでもなく、しなびて通りぬけたのである。やむを得ないそれだけの力量であった。そして久しぶりに外へ出て見たら、春はすでに爛熟《らんじゅく》して深《ふ》けていた。そのときに、ばかなことをした——という感が深かった。あんなくだらないことに力んでいないで、ボケでも水仙《すいせん》でも花のはじめから終りまで見つめていてもよかったのだし、子供の喧嘩《けんか》一ツ仲裁したのでもよかったのである。春はその年を失えば、来年まで待たなくてはならないのである。それで、そのように失ってしまってから思えば、三月の迅さというものがよくわかった。むごいほど春は足早で、待っていないのである。

うしろ姿を追いかけてはのろいのである。こちらが先へ踏みだして待っているようにしなくては、春の顔は見ることができない。たれこめて春の行方《ゆくえ》知らぬ、などと言っているのは、さんざ春の顔を見あきて、部屋のなかからうしろ姿をちらりと見て品定めのできる達人の言うことだ。私は雑文を書いてまだやっと十年、若いのだから三月は勇んでいる。

お節句

雪がおもしろく降ったとき、よそへ用があって手紙を書いたのだが、雪のことをなんとも言い添えてやらなかったら、受信人から、この雪のことを一ト筆も書いてよこさないようなつまらない人の言うことなどは聞くものですか、と返事されたという話が徒然草《つれづれぐさ》に出ている。きょうは三月二日、お雛《ひな》様の宵節句《よいぜっく》である。

雪の手紙を書いたほうの人は、常ひごろが心ばえめでたき人だったから、たまたま雪の日に書き急いだ千に一ツの場合を、対手《あいて》の人におもしろがられて、ぎゅっとやられたのだろう。それだからこそこの話が興深いのだとおもうが、私は常ひごろがあまり心ばえめでたくはないから、ちゃんと今夜はお節句によせて書くのである。

それにつけても思うのは、どうしてこう私の過去には材料があるのかということである。私は子供のとき木彫淡彩の、じみな内裏様一ト組しか与えられなかったので、腹を立ててそれに色鉛筆でバカと落書《らくがき》して、鬱憤《うっぷん》を晴らした。晴らした——と思ったのだが、そう落書をしてしまったから、一生バカと書いたことが忘れられなくなった。誰がバカだ？　と言うよりほかないのである。

もう一つは、はじめて娘をもって、その初節句に分不相応な雛人形をととのえ、至れり尽せりにしたので、「こんなふうにすれば、子供の福分《ふくぶん》をいちどに使い尽したと思わないか」と男親にたしなめられた。これも一生つらく覚えさせられているのである。この話はまえにも作文に書いたが、書ける材料というものは私の場合、恥や悲しみや失敗が種になっているのが多い。いいことや美しい心情は、よほど骨組がしっかりしていて、丈《たけ》の高いものでないと書けないのである。へたでも恥や失敗の悲しみなら書けるところを見ると、恥や失敗のほうはそれだけどぎついものなのだと思う。誰に訊《き》いてみても、「お雛様でそんなにいざこざのある人はないことよ」と言われるのである。

お雛様にお供えするのは、菱餅《ひしもち》、白酒、桃の花、菜の花ときまっている。私はあの菱餅が気に入っている。青・赤・白の三色のお餅を重ねて、それを四角に切ると平凡である。四ツの角《かど》をもたせて菱にカットするから、花やかで新鮮である。最初にこれを考案した人は洗練されたデザイナーである。その菱餅へ桃と菜の花を添える。

黄も桃色も野暮くさく、いっしょに使いたくない色であるが、それをあえてしたのは姿の愛らしさだ。桃はすんと伸びた枝へ、ぽつぽつ丸く紅《あか》い頭を揃《そろ》えて、縦一列に蕾《つぼみ》がならび、菜の花は青黄色いつぶつぶの蕾を横一列にならべるのである。かわいい供えもので、人形によく映る。そして灯《ひ》にもよくうつる。

ことしの東京は、先日の雪で花が台なしになって、桃も菜種もばか値だと聞いた。いやである。あれは廉《やす》くなくてはつまらない。

表　情

岸（信介）さんの顔は外国の人に「鳥の顔（バードフェイス）」と言われたそうだが、あれは顔の形が鳥に似ているということなのか、機嫌《きげん》がよくても悪くても表情に変化がないという意味なのか。表情に乏しいのは日本人の定評みたいなものだから、それなら岸さんが特にそう言われるわけはなく、やはりあれは顔の形の感じなのだろうか。先日テレビのある番組で一分ゲームに、有島一郎さんが岸さんの顔を演技？　したが、たちまち御明答が出るほどの上出来で、笑わせられてしまった。有島さんの顔はちっとも岸さんに似ていはしないのに、鼻の下を長くしたらそれにつれて下瞼《したまぶた》に特徴ができ、頬《ほ》っぺたへ息を入れてだらんとさせたら、あららと見ているうちに岸さんの感じになってしまった。それで、これはと感心のあまり、すぐ私も鏡の前でやって見れば、いささかは似ているのだからおどろいた。ただし、鼻は断じて似なかったが――。

しじゅうテレビのニュースで岸さんの顔を見るのだが、いつまでたっても私には親しさができない。どうしてあんなにいつも同じように、可もなし不可もなしという顔つきで答弁しているのか。あれでは質問者一人へ答えている顔、というように見受けられる。そうではないはずだと思う。国民みんなへ話してくれていいはずではあるまいか。あの顔は私たちへ話しかけてくれている顔ではない。すくなくとも私は、話しかけられていると感じたことがなくて、ほとんどつまらない。喜怒哀楽を表わさないのをよしとした時代に育ったのだからしかたがないかもしれないが、とにかく現在の総理大臣なのだから、ねがわくばもう少し今ふうに、「活気のひらめく顔」を見せてもらいたい。小学校の先生は、多くて一ト組五十人の子供を受持つだけだが、教室で不機嫌な顔をしてはいられない。看護婦さんはたとえ先生に叱《しか》られてもたもたしていようとも、患者の前におもしろくない顔はできない。主婦もたった三人五人の家族を守るだけだけれど、お金のないことなんかに負けた顔はしまいとつとめている。みんな多かれ少なかれ、顔の勉強をしている世の中になったと思うのである。

ある年寄のおかあさんが、悴《せがれ》の知人を評して、「いい男ぶりだが、笑いの高値《たか》いお人さんだね」と言った。悴は母のその昔風の言いかたがおかしかったので、無遠慮だが知人にそう伝えた。知人は、はてな？　とも、そうか！　とも思ってすなおにも、ふだんあまり気をつけて見たこともない鏡に対《むか》った。「やってみたらわかりました。ぼくの顔はちっとおかしく思うくらいでは、はたから見て笑った顔にならないのです。よほどげらげら笑って、ちょうど人の微笑程度なのです。口のまわりの筋肉がゆるまないらしい」

眼《め》だけで笑える人もあり、眉《まゆ》で、頬《ほお》で、唇《くちびる》で笑える人もある。政治家に表情家であれとはいわないが、こちらとどこか関《かか》わりのある顔がほしい。は？　私の顔？はい、棚《たな》にあげてございます。

演技的

俳優さんは演技で表情をかえることが勿論《もちろん》できる。しかし、しろうとも承知の上でいろんな顔をしていることはできる。

嘘《うそ》をつくときなど、あっぱれ演技的にやるのである。それからおくやみのときなども、半真実半演技的になってしまうことはある。お焼香台のところで、自分の前の人があまり丁寧な礼拝をしていると、なんとなく自分もばか丁寧にお焼香してしまって、そのあとすぐ反省めいたいやな気持がするのである。半分はどうも真実と言いがたいものだったように思われてきて、もう一遍、もう少し手ばしこいお焼香で、やりなおしがしたい気が動くことがある。どんな表情でその過剰丁寧をやっていたかと考えると、わが身ながらいやになる。故意では決してないが、よほど気をつけないとしろうとも十分に演技的な表情や動作をやっているのである。それでもそれは的《てき》であって、ほんものではない。しろうとだからである。しろうとの弱さ、だめさである。

俳優さんも生まれながら俳優ときまっているのではなくて、俳優の道を勉強して俳優になる。両親が俳優でもその赤ん坊は、生まれたときしろうとである。だから赤ん坊でない十八歳のしろうと娘が俳優に志してもいいわけだが、その試験の模様を聴いて笑ったり、考えさせられたりだった。こまかいことは忘れたがこんな問題である。

長火鉢《ながひばち》の前で本を読んでいたが、寒いのでもっと火の景気をよくしようとして、部屋の隅《すみ》の炭取を持って来て炭を足して、ふと炭取のなかを見ると、炭の上に芋虫のような虫がいたので、火箸《ひばし》ではさんで庭に捨て、また本を読んだ——というのだった。なんでもない、私たちの日常によくあることなのだ。それでその娘さんは、精いっぱいやったのだそうだ。なにしろふだんしょっちゅうしていて、よく知っている動作なのだ。

それがあとで評をしてもらったとき、ほんとにあまりのことで、どろんどろんと忍術で消えてなくなりたかったらしい。第一が長火鉢の大きさがめちゃめちゃだった。本は読みふけっていたか、ただ眼を通している程度なのか。それに鉄瓶《てつびん》もおろさないで炭をつぐ摩訶《まか》不思議をやってのけたし、芋虫発見では大いにぎょっとしたのに、捨てに行くときには天下泰平の足どりで、しかも障子は明けたが、あとは明けっぱなしで、よくも寒くなく平気で、そしておもしろくもなさそうに本にとりかかれた、――という成績だったのだそうな。「驚いちゃったわ。なんにもないがらん洞《どう》のところでやらされるなんて思わなかった。俳優のしごとって、すごい計算だわ。そんなに笑っていやだわ。おばさまだってやってみればいいわ。できゃしないから」

なるほど、そのくらいのだめさ加減だろうとおもう。私はその娘さんの演技習得の対手にされて「女王の品位ある表情をしてみてよ」などと、うんと困らされた。的《てき》ではいけない。

猫じゃ

具合のわるいこと、うまく行かないことを調子がわるいという言いかたをする。調子外れというのは音階に合わないことを指して言うのだし、音楽でなくても、突飛なことを言ったりしたりするのを指して言う。

音痴ということがある。字引を見ると、——生理的欠陥によって正しい音の認識と鑑賞と記憶とができないこと、となっている。私は自分では正しい音の認識も鑑賞も、なみ一ト通りにはできるつもりでいる。けれども歌をうたわせられると、いつも調子を外すのは残念である。人のうたうのは楽しく聴くのだが、それをうたってごらんと言われると、よく知っている節でも外れてしまう。ここが外れているとちゃんとわかっているのに、その声が出ないで外れた声が出てしまうとはあきれるのである。いうことをきかぬ声であり、所有者に反逆する声帯であり、けしからぬことである。思うにまかせぬのが浮世のわが身だとは思うが、承知しているのに変な声が出て調子外れと笑われるのは心外である。

猫《ねこ》じゃ猫じゃ、というのがある。「猫が足駄《あしだ》履いて、絞りのゆかたで来るものか、おっちょこちょいのちょい」というのである。その「猫が足駄履いて」という〝ねこが〟のところで外れる。もっとはっきり言うと〝ね〟が決定的にいけなくて〝こ〟は〝ね〟につれていけなくなるので〝が〟はまた決定的によくない。私があまり情ながるので娘がいっしょに歌ってくれる。そうするとできる。しめた、というので忘れまいとして、一人でねこがねこがとやっているうちに、「あら、また外れだしたわね」となる。何事にも見きり時というものがあると観じてやめた。そして、私は猫では調子を外しますと、人に訊かれたらそう言おうときめた。

見きり時という時もあるかわり、助平根性という根性もあることは、どなたも御存じと思う。私のいとこに琴を楽しむものがあった。音痴でないから琴がわかるのであるし、弾きも歌いもするのである。このひとと話しているうち、私は見きったはずの猫を、助平根性でもう一遍、なんとかならないかと訊いた。歌ってみろというから歌ったら、さすがに年功で笑わなかったが、「そうねえ、なおしにくく外すわね」と考えてしまった。

しばらく考えていたが、その声がだめなのか〝ねこ〟が敵《かたき》なのか、ためしに「蝶々《ちょうちょ》とんぼ」という歌詞でやってみるようにと言う。だめだった。ねこが悪いのではなくて声の調子がわるいのだときまった。そこで、ああ、やはり見きり時見きり時と思った。けれどもいいとこは慰めた。「早口ではどうかしら?」――それはこんな替え歌だった。

　蝶々とんぼや松虫鈴虫くつわ虫、野にばったにこおろぎ蛍《ほたる》に蜘蛛《くも》せみ、まいまいつぶろに芋虫毛虫に、おけらにめめずに屁《へ》っぴり虫はさみ虫、おっちょこちょいのちょい。

調子外れは寂しいものである。このいとこはもう亡《な》くなった。

蝶

ことしは蝶の模様がはやりらしい。ほうぼうの飾り窓には思いおもいの蝶が飛んでいる。

蝶は模様にしやすいこととおもう。大きい羽、小さい羽、からだ、鬚《ひげ》、足を平たく描《か》いてみてでこぼこが多いと、和服の模様にしやすいのではあるまいか。かりに帯の模様として考えてみると、三寸の大きさに梅の花一輪を描きだしたのより、同寸法で揚羽の蝶一つを飛ばせたほうが纏《まと》まるのである。おなじように、羊歯《しだ》やもみじや菊なら葉っぱ一枚で形になるが、もちの葉やゆずり葉一枚では姿にならない。柿《かき》の葉も秋の柿だと、色もあるし虫くいもあって着物にとりいれられるけれど、——柿の木は芽だちのときの様子は目ざましく美しい。特徴のある黄いろい青さで、まことに柔かい色である。秋になるとあの赤い実をならせる木だものなあ、と思わせる若葉の色である。そして葉そのものもしなやかである。柿の若葉を立木の姿でもよし、折り枝でもいいし、着物にでも帯にでも染めてみてくれないかと注文したことがあるが染物屋さんを困らせただけでおしまいになった。「そういうお物好きは模様師のほうでいやがりますので」と断られた。いまならきっとできると思う。ひところまえまでは和服につかわれる柄《がら》はきまったようなものだった。からだじゅうを柿若葉で包んだら、ずいぶん新鮮な春の着物だと思ったのだが、心残りである。いま、よしんばこんな着物が注文通りできたにしても、私にはもう間にあわない。春の若葉どころか、枯老柿《ころがき》もしかも三年びねの枯老柿ぐらいに(そんなものはあるはずない、三年びねの古たくわんというのならあるけれど)なっては、もはや已《や》んぬるかなである。

蝶などもいいけれど、二十六、七のころ一応「相済み」にしたような気がしている。揚羽も好んだし、もんしろもしじみ蝶も楽しく考えてみた。どんなふうに蝶を配置したら蝶と自分とがうまくくっつくか。あれはさかさに置いても横っちょに置いても、宙がえりや寝腹這《ねはらば》ったようには見えないものだったが、その行儀のよさがかえってつまらないのである。どんなに置いても蝶のほうでうまく調子を合わせてしまうのだからこちらはからっ下手《へた》と同じなのである。蝶に着せてもらっている感じなのである。出来のいい子についた家庭教師みたいなもので、子供が一人で勉強して一人でわかって世話の焼きどころがなくて、手持無沙汰《てもちぶさた》になって、てれてしまうのと似ている。

そしたら老人が助言してくれた。「紋帳《もんちょう》をごらん。蝶を扱うならよほど新しい腕がいる」と。紋帳とは紋付の図柄を集めたものであるが、見たら驚いた。桜でも菊でも紐《ひも》さえも、みな蝶に応用されていた。げんなりした。すると老人が「げんなりするまでやってよかったじゃないか」

このほど紋帳を見る折があって、さまざまの古い蝶をなつかしんだ。

出づくり小屋

大井川のずっと上《かみ》に井川という村がある。大井川にはいくつかのダムがあるが、井川にもその一ツがあって、井川ダムという。そのダム建設についてはやはりどうしても、湖底に沈めなければならない人家や耕地があって、代償金のことや換地のことで、地元の人たちと建設側とでたびたび折衝した。そういうことはこの種のしごとには必ず生じてくる困難だが、井川はおもしろい話しあいになった。井川の上流の狭い寒い土地のことなので、換地といってもすでにもう余分なあき地はない。そこで、村の人と会社側は「新しい村づくり」をはじめたのである。道路をつくり、土地をひらき、農耕法を改め、りっぱな共同墓地をこしらえた。いまはもうとうにこのダムは竣工《しゅんこう》していて、その後「新しい村づくり」がどう進展しているか聞かないが、当時はこの新しい試みはみんなに注目されていた。私もある雑誌社のしごとで、ダムが七分通りできているとき行って見た。

『楢山節考《ならやまぶしこう》』のおりん婆《ばあ》さんは、自分から楢山さまへ死にに行って、乏しい村の乏しい家の食糧を一人前だけ助けようとするのだが、井川の奥も山深い土地で寒さがきびしく、食糧が不十分だったとかで、楢山の姨捨《おばすて》ばなしに似たことも以前にはあったという。ただ、山でなく川であったらしいのである。川は清くさらさら流れていて何も語らないが、そのへんはいい景色にもかかわらず、そう思って見るせいか、寂しいたたずまいだった。

川に沿って、傾斜する僅《わず》かな農作地があるが、その農地のところどころにごく簡単な小屋がぽつりと、ほとんど立ち腐れのように建っていた。人が住んでいるらしくもないので訊《き》いてみると、夏から秋へかけて農作に人手のいる時季だけ、村から畑の持主があの小屋へ行って泊るという。それを出づくり小屋と呼ぶのだそうである。「御夫婦で行くの?」「はあ、夫婦もあれば一人ぼっちで行くのもあってね」どちらにしてもひどく侘《わび》しげである。一ト働き働いて来ようという元気が欠けていて、なんだか島流しみたように感じられた。

「まあ、むかしはこの村自体も、もっと川下から出づくりに来ていたのが、だんだんに小屋の数もふえて、そのうちには冬でももとの村へ帰らないものができて、こうした村の形になったとかいいますねえ」出づくりの一期間だけだったものが、住みついて村となる。当然そうなっただろうと思われた。以来、出づくり小屋というものが忘れられない。

私も出づくり小屋をたくさん造ろうと思ったのである。私のように過去に勉学もなく、苦労も知らず、我意強く暮してしまったものは、いま寒く乏しい心情である。だから猫一匹飼えば、それは私の「猫山出づくり小屋」で、水仙《すいせん》一株持てば「水仙平野出づくり小屋」だと思って楽しんだり、そこからひろがって行こうと思うのである。でもなにか寂しい。

そこにある

猫一匹飼えばその猫をよりどころにし、水仙一株買えばその水仙をたよりにして、ただじっと静かにしていればいいのである。ひとりでに猫も水仙もなにかを教えてくれる。ものを知ろうとし、わかろうとすれば、月謝を払ってお辞儀をして頼んでも、教えてもらえない時もあるし、どんなに丁寧に教えてもらってもどうしても理解できないこともある。それなのに頼まなくても猫はこちらに猫のことを教えてくれるし、お辞儀はしなくても水仙も水仙のことをわからせてくれるのである。「そこにある」というのは、こういうことなのではなかろうか。私は猫からも水仙からも、ましてひとさまからはたくさん教えてもらって、作文をつづけているのである。猫なら若干のごはんを、水仙なら鉢代《はちだい》、肥料代というものもあるけれど、電車の車掌さんとけんかしている人に教えてもらった、だんだんと言い募って行く過程、などというものはどこへお礼をしていいかわからないのである。あのひとのおかげで私は自分の言い募りぶりが、およそ如何《いか》なる醜悪さであるかを、まるで高速度映画を見るようにしてわからせてもらった。そうわかったことはその後の私の言い募りをいくらかは減らしたらしいし、私の周囲の人たちにとってそれは大助かりのようである。さすがに齢《とし》ですねえ、などといわれるのだけれど、齢のせいばかりとはいえない。いくつになってもわからなければ、ひね生姜《しょうが》とおなしだ。古くなれば古くなるほど峻烈《しゅんれつ》に辛くなる。

猫はどこにもいる小動物で珍らしくはないが、飼ってみるといろんなことを知らせてくれた。ガリガリ爪《つめ》をとぐのは彼等のおきまりの作業だろうが、おなじ障子、襖《ふすま》をやぶるにしても新しく張り替えたときは遠慮して、こちらを窺《うかが》いつつ先ずぴ《ま》りっと、爪の先だけを突き通してみせる。そういうとき叱《しか》るとすぐやめる。それが古障子、破れ襖となると遠慮などおかしくってというふうに平然と引掻《ひっか》く、三カ月形のその爪をつくづくと見せてもらって私は、あまり思い当らせるようなことはしないでくれ、と猫に頼まないわけにいかぬ。

その一匹の猫の、その爪ということから教えられはじめて、虎《とら》の爪、ヒョウの爪へと、知ろうとして辿《たど》って行くことにもなり、虎に引っかかれた飼育係の頸《くび》の傷が、ほんとに恐ろしいことに動脈すれすれのところを、ぐっと引きさかれていた、とき出すようにもなってくるのである。くだらないことといわれるかもしれないが、鉤爪《かぎづめ》をもつ動物のたなごころ及びその爪の運動をわからせてもらったことは、大きな建築場や港や鉄工場に動いているクレーンの爪へもつながって行くし、農作につかう鎌《かま》へも、死闘するくさり鎌へも関連して、私は私なりにわからせてもらうのである。水仙が香料につながり、香料が媚《こび》につながって、わかってくるのなどあたりまえの道筋だとおもう。

「そこにある」というのは有難いことだとおもう。特別な勉学の下地がなくても、じっと見ていれば、きっと何かを教えてもらえる。

桐とビル

　こちらに、知ろうわかろう、とする気があるかぎり、そこにあるたとえば花なり猫なりは、かならず何かを教えてもくれるし、わかるきっかけにもなってくれるのである。

　こういう知りかた、わかりかたの是非善悪は、ひと口にはいいがたいだろうが、からだにひまの少ない忙しい主婦に、時としてはこの方法も役に立つかとおもう。私はかつて若い主婦で赤ん坊と家事に追われたとき、なにかひどく肉体労働だけの女になってしまった気がして淋《さび》しかった。そのときにこのやりかたで、目の前にある箪笥《たんす》から、桐《きり》の板は木目と木目のあいだにあるこまかい筋によって産地を知ることができる、というような専門的なことを、たまたま来合わせた指物《さしもの》師からきき知った。そのときの嬉《うれ》しさはいまも忘れられない。干《かわ》いたところへ水をもらったような、満ちた気がしたのである。それは拡大鏡で、しかも桐をよく見なれている人でなくてはわからない紋様の差なのだという話だったし、もう古いことなので、その話も「産地がわかる」だったか「研究中」だったか、いまはもう確かにはおぼえてはいないが、それは心地のなかへめりこんで来るような嬉しさであって「教えてもらっちゃった。ひとつおぼえた。知ることができた」というおもいだった。

この喜びは勉強とか学問とかの喜びとはちがうものかもしれないけれど、やはり知る、わかる喜びなのである。そしてその先は一筋をどんどん辿って行く道もあろうし、あっちもこっちもへ目移りしながら拡《ひろ》がっていく道もあろうというものか。主婦がみんなこんなやりかたで知ったりわかったりして、これが知りかたの本道か邪道か私にはよくわからないが、坐《すわ》るひまのないとき、知ることに飢えたらこんないわば、ちゃっこいやりかたもあるということである。

そのかわり、というのもおかしいが、そこにあるものからただで教えてもらったり、わからせてもらったりして得をするかわり、自分もまたそこにいるのであり、誰かに何かを求められているのであり、こちらは承知不承知に拘《かかわ》らず、何かを提供していのであり、それは覚悟していなければならないのである。猫は猫のもついろんなことを私に教えてくれたけれど、同時に私の性情も知ったのである、ぶんなぐられるおそれに対する用心を忘れないところを見ると、たしかに知っていると思われるのである。

手びろく仕事をしている人が、かねて念願の新社屋を建てた。もちろん、新社屋の使いこなしは胸中に用意してあったし、その人にとって新築のビルは「あるべきもの」といった感でさえあった。だが、ビルがだんだん出来上がってくると、毎日その人はビルに求められ、訊かれている圧迫があったらしい。「どういうふうにする気か」と。そこにある、ここにいるというのは互にこういうことだとおもう。

奇襲タイプ

入学試験期なので、どうしてもその話をよけい聞くのである。試験地獄と言われるくらいだけれど、入学したいばかりに夢中になっているのなら、その親も子もまだしも明るいのである。

頭がよく成績もよく、当人も上級学校へ行きたいのはやまやまだのに、経済上の理由で学校を断念させ、親は涙、子はそっと溜息《ためいき》をして、就職の試験をうけるのも少なくはない。上の学校へやっておけば将来のためになることはわかっているのに、あったらものをみすみす今日の生活の苦しさ故《ゆえ》に就職させるのは、親子ともにどんなに哀《かな》しかろう。入試入試でもちきりのこのごろ、その裏にはそっと吐く可憐《かれん》な溜息がある。

女手で六人の子を育ててきた、もう六十に近いひとがいる。去年、末ッ子が中学卒業だった。上の女の子たちの時には、母親が若かったからえらい勢で働いて学校を出した。中の男の子たちの時は、姉たちが働いたり、結婚してその夫が学費の一部を援助してくれたり、言うまでもなく母もまだ頑丈《がんじょう》で働いた。末の子になって母は衰えたがまだ働いた。労《いたわ》られつつ働いた。上の子供たちは相談して、順ぐりに末の妹を寄食させた、あっちに半年、こっちに一年。母はやっと学費をかせいだ。その子は上の学校を出ている姉や兄をうらやまず、成績のいい通知簿をかたみのように机へしまって、就職した。

——その母親がことしこの入学試験期に、よその子供たちの入学騒ぎにつけて言う。その末ッ子は就職して一年になる今日、それでよかった、と言っているそうな。そして「自分は早く結婚するつもりだ。姉や兄の家へ転々と居候《いそうろう》をしてきてみると、定まった住居がつくづくほしいとおもう。たとえどんな一ト間でも、ここが自分の住むところときまった場所がほしい。そして、放ればなれにならない、きまった家族というものがほしい。だから早く結婚するつもりだ」と言っているそうである。「すまないと思いました。はたち前のあの若さで、きまったうちと家族がほしい、と言われて私ほんとにどきりと申訳ありませんでした——上の学校へやらなかったもので、かえって自分一人で勉強もしつづけていますし、姉たちよりしんみりと情の深い人妻になりそうです」

と、そんなことをきいていたら、突如勇ましくがんとやられた。「試験はうかったんです。私立です。でも、家庭の事情がだめなんです。それでどうしてもお願いしたいんです。ですからうちを出て、ここへ来たいんです。ここから学校へ通わせてもらいたいと考えて来たんです。都合はどうですか。でも、ぜひお願いしたいんです」たった二度だけ逢《あ》った娘さんである。です、です、と、なんだかいかついことばで早急に攻められて、おどろくよりなにより、私は哀しかった。

口　業

おもいがけなくいい美術品などを見ることができたとき、きょうは眼《め》の福を頂きました。などというし、おいしいものを御馳走《ごちそう》になったりすると、口の果報にあずかりまして、というように以前は挨拶《あいさつ》していた。私にはききなれた言葉だが、いまはいわない。業《ごう》ということもいまはいわない。言うこと言うことが、人を傷つけ不愉快にさせトラブルをおこす、こういう人を——あの人も悪い人間じゃないのに、口業《くごう》の強いうまれなんだねぇ、というのである。口に業がある、ともいう。いまでも口に毒のある人という言いかたは使われている。私はやたらと父にさからったので、父もあきらめ気味になった調子で「おまえは口業つよくうまれて、まことに気の毒だ」といった。

おかしなもので、頭ごなしがみがみやられれば、理由なき反抗なんて苦もなくできちまうものである。それが鳴りをひそめた雷様になって、気の毒だ、などと出生の責任者として哀惜の意を表してくれると、反抗は理由あることのみに止《と》めておこう、というしおらしい気になって、身にしみておぼえる。父親が気の毒と言ったことは私に「口業」をひとつおぼえにおぼえさせた。

なぜ気の毒にいかれたかというと、実感があったからだとおもう。ただし、そのときそうおもったのではない。そのときはただ、はっとしたのである。あとで考えてみて、私が勝手にそう推察したのである。だって、父という人の舌も唇《くちびる》も業をもっていたからである。自分の口業を承知していたに違いない。とすれば私に気の毒というとき、うそやいつわりでない悲しみをもって言った筈《はず》である。父親の口業の一ツを私ははっきりきいて知っている。

貧乏というのもその人が一時期だけ貧乏したという短期貧乏もあるし、私のうちなどは祖父母だかその前からだかの、長期貧乏であるようだ。だから父親は栄養失調の眼疾で困ったりして育ったが、本というものへ惹《ひ》きつけられる性質だった。ところが貧乏の兄弟沢山だから、学校はもとより、気ままに勉強をしていられる身分じゃなかった。それでも本が読みたい。それで早く月給取りになって、ひとりで本をよんで、とうとう一生本とともに押し通したが、あるとき父の母が、つまり私にはおばあさんが、なにか父に叱言《こごと》を言ったらしい。きっと虫の居所がいけなかったのだろう。父は腹をたてて「かあさん、わたしはあまりあなたのお世話にはなりませんでした」と言い放ったという。おばあさんはこたえたらしい。十年も二十年も父の胸にあったうっぷんだったとおもう。だが、それを言って母を傷つけてしまったから、言わない前に自分一人で淋しく思っていた時より、もっと辛《つら》い一生拭《ぬぐ》えぬ記憶になった様子である。酔うと泣いて「申訳ない」とざんげしていた——とこう書くのも口業の一種か。

気負う

触手光を生ず、ということがあるといってきかされた。その人の手のふれたところはみなぴかぴかになるし、その人の行く先々はみな明るくよくなるというのだ。どうも耳の痛いはなしで、こちらは行く先々をぴかぴかなどにしたことはない。物議、とまではいわずとも、ほっておけばすらりと行く話が、私が触れたゆえにおかしくもつれたりする。光らないのである。それだからそんな言葉をきかせられたのだし、きかされれば耳が痛いから腹を立ててておぼえるし「ものをおぼえるのに腹をたてたておぼえるような料見だから、所詮《しょせん》光を生じるどころではない」ときめつけられるし、それならあっさりそんな手品みたいなことは諦《あきら》めましょうといえば、たとえ一度でも触れて光らせよう、と試みないのはいけないと言われる。

なにしろ手のふれるところといえば、あたり一面でなにもかもである。立てば立ったで立ったあとの座蒲団《ざぶとん》をなおす。座れば座ったでついでに新聞を整頓《せいとん》し、出しっぱなしの家人の湯呑《ゆの》みを片よせる。眼をあげれば窓ガラスがきたなくて、庭に雑草が生えている。座っていては触手光を生じないから、いきおい大馬力になる。それでも足りないからお手伝いさんにも拍車をかけるが、ここが人に接して光を生じるか、生じないかの境だと思うから、意識してやさしくする。こんなにこき使ってもこちらが注意してやさしくすれば、いやとはおろかいそいそと働いているそのひとのよさ。いつもは間の抜けたことばかりでカンに障る人なのに、こういそいそとされては働く人の哀感がひびいてきて、光を生じさせられたのはどっちかと迷う。

「くたびれたでしょ。おやつを買ってきてちょうだい。ついでに晩の仕度に八百屋と肉屋へ、今夜はカレーにしましょう。なにかあなた特別に食べたいものがあったら買っていらっしゃいね」というわけになる。

ところが時間のかかるおつかいである。当人より先に菓子屋が来た。おつりを出さないうちに帰ってしまったから、届けに来たのだという。やれやれと思う。まだ戻って来ない。客が来た。お菓子が早くほしい。いらいらしてくるが、ここが肝心と気を平らにして迎えに出れば、あちらから大荷物の、お菓子の折など横抱きの無神経さで、考えごと中といった表情で帰ってくる。「好きなものをと言って下さったんで蒟蒻《こんにゃく》のおでんと思って……」というのをふざけたふりで、早足に歩かせようと後から押すと、どっと倒れて蒟蒻も芋も菓子折もばっ散らけた。彼女はすりむき傷に涙をこぼしつつ、笑いころげ、私は光なんかもう――。

その人は天井のしみや桝目《ますめ》で、買物の計算勘定するほど頭の弱い人だったから、時に軽蔑《けいべつ》もされたが、結局はその悪意のなさやさしさで、触手光を撒《ま》いて歩いたと思う。触手光を生じるには、気負って腕まくりしてはだめのようである。

きざむ

東尋坊《とうじんぼう》というところへ行って見ると、いかにも刻み目というものを感じる。海の水が大岩石群へいどんで、こんなにも凄《すさ》まじい刻み目をつけたかと、見た眼もむろんおどろくのだが、同時にからだの芯《しん》のほうで、チクタクと時計の針の小さい音をきくおもいがするのである。時が刻んだのだ、と思わせられるのである。

女に「刻む」ということばは親密感がある。台所でしょっちゅう野菜などを刻むのである。切って小さくして、はじめの形とかえ整えるのである。切り刻む、というと裁縫へ引っかかって考えられる。少し手のこんだブラウスなどを裁っていると、おばあさんが見て「まあまあ、大きな布をむざむざとそんなに切り刻んで、もったいない」という。無惨《むざん》な、という意味がある。食べることと着ることにつながっている親しいことばだのに、さて東尋坊の岩石群を見ておどろくと、そのおどろきの底から突然のように徐々にのように、チクタクの時の刻みをきいて、改めて身のまわりのいろんなことが時に刻まれて消失していることに気付く。第一に思うのは、すでに大部分を刻まれてしまった自分の生命《いのち》だけれど、それは先《ま》ずおくとして——。

たった三、四十年前のこと。私はまだ小娘のおちゃっぴいで、父親のところへ見えるお客さんの取次とお茶汲《ちゃく》みが割当てられている役だった。度々見えるなかに、ある文人趣味の人がいて、釣《つ》りが好きでその話となると夢中だった。釣りの上手下手と、その人が呑気《のんき》か神経質かは別物である。横好きだという船頭さんたちの評判だったが、とかく釣師は天狗《てんぐ》が強くて人の手腕は認めたがらないそうだから、腕前の点はわからない。私がはっきり知っているのは、その人は神経屋だということだ。お茶ののみかたがそうだ。私のお茶を信用しないらしくて、丹念に親指の腹で茶碗《ちゃわん》のふちをこすってからのむ。

この人が一人で釣りに行って、釣り場にもやったものの当りがないので、退屈のあまりねこけた。寝苦しくて眼がさめたら、からだがさかさまになっている。眠っているうちに潮がひいて、舫杭《もやいぐい》と舟とはトの字になって、その中に頭を下に足のうらを陽《ひ》にさらして眠っているとは、これでも釣師か、という珍妙な姿である。私が時の刻みを思うのはそのおかしさより、その人がいかめしき八字ひげだったことである。当時ひげははやっていた。

やはりその当時、漢学がかなりよく出来ると言われていた人で、病児病妻を抱え、書く文章は世に受入れられず、貧苦に追われていたが、たまたま酔えば眼を輝かせて詩を語る人がいた。悲壮感のある人という印象だが、いまとなってはその人のいつも着用していた黒紋付の羽織はなにかおかしいのである。あれがただの黒い羽織ならよかったのにとおもう。男の紋付もはやっていたのである。

ひげも紋付も時に刻まれた。気をつけよう。

一本

きのう、長いつきあいをしてきた友人が来て、こちらの顔や手をまじまじと見ている。

しょっちゅう見ていれば気がつかなくても、たまに会えばおたがいに対手《あいて》の老《おい》を目ざとく見つけるものである。ずっと健康で活動しつづけているこの人はさほどでないが、五十を過ぎて二カ月もぶらぶらしたあとの私は、ぐっと若くない。たぶんそれでこんなにまじまじ見ているのだろうと思う。

「どうですか。病気だと聞いたけれど、わりに元気だな」「ええ、まあ。だいぶよくなりました。あなたはいかが。おふとりになったような」「ふん」――だから私も「ふん」と言って、「五十年の上も生きてきたからだだから、誰もどこかはガタが来ているわけね」とつけ加えた。どういうわけだか、こういうとき私は、同年の友人にわれながらがさつにものを言ってしまう。

そうするとあちらも、かちんことくるのかどうだか知らないが、ちょっと手応《てごた》えあることを言う段取りである。「人間の平均年齢が十年は延びているというが、そのわりで偉くもならないもんだな。寺田寅彦《とらひこ》先生なんか、ぼくたちの齢《とし》にはもう老大家だったものなあ。風格も業績も」「でもむかしの人は早くおじいさんくさい恰《かっ》好《こう》になったわ。それに較《くら》べればいまは若くなってるでしょ？」こんどは私がじろじろとその人の新調らしい藍《あい》ねず色の上着を見る。スポーティに若いカットだった。

「ふん」

それでも、そんなに悪たれてみても、ひっきょうは二人とも五十半《なか》ばを過ぎた友だちで、いたわりあうのが本心で、たがいに老はよく承知しているのである。チャップリンの「ライムライト」で、彼が自動車に乗る後ろ向きの姿が映るが、その腰と脚がいかにも年齢を出していて、あれは彼が地《じ》で行ったのか、演技なのか見きわめられなかった。見定められなかったところが、私たちオールドファンにはたまらなく寂しかった。そんな寂しさを老いた友人同士はきちんと知っていて、つきあっているのである。この人ともう三十何年になる知りあいだから、大切にしなくてはならないつきあいである。このさき新しく三十何年の友だちを持とうとすれば、私は九十過ぎまで生きなくてはならない勘定になる。そんなのは考えられない。

平均年齢が延びたというが、誰も死ぬのはいやだから、おんぶすればだっこである。不老長寿はいつの世になっても希望だろう。私の男親は八十一までいたが、ぼけなかったからだろう、よく長寿の秘訣《ひけつ》があったろうと訊《き》かれる。父自身の特別なことは聴いていないが、よく大倉喜八郎さんのことを言っていた。大倉さんも長命で明晳《めいせき》だったので、父が訊いたら、「毎朝のウンがずいと一本なら心配なし。ちぎれちぎれだったらすぐ用心」と言ったという。父は一本ウンであるように心がけて食養生に注意していた。私のうちではいまもって、「一本」ということばで健康をいう。尾籠《びろう》おゆるしを——。

春の翳

皮を剝《む》いた筍《たけのこ》のような議事堂が、よく晴れた空に丈高く見えていた。タクシーでそこを通ったのだが、もう春の修学旅行シーズンなので、中学生らしい男の子たちが黒々とかたまって記念写真をとろうとしていた。そのさきには女学生の一団が、これも記念撮影で並んで騒いでいる。どんなにか楽しいのだろうと、頸《くび》をねじて学生たちを見やるのだが、車はすぐ住宅街へ曲って、一軒の路地にまっ黄色なものが丸く盛りあがっていた。連翹《れんぎょう》なのだった。「春になったなあ」と連れの若い男のひとが言う。私もそう思ったところだった。

春愁というようなしっとりしたものではないけれど、毎年私は花が咲くころにきっと一度や二度は、ふっと寂しく気が沈む。人より強く春を待っているのに、さて春だとなると楽しいなかにかならず、原因不明な寂しさが来る。なんの愁《うれ》わしさかと長いあいだ、自分でも不思議に思っていたが、先年やっと「ははあ」と合点できていい気持だった。持ち越してきたものを「解決したこころよさ」だった。

これは、観光地に育った子供が感じるうら寂しさなのであった。私の生まれたところは桜の名所だった。川に沿って長い桜の土手があり、春は遊楽の客が集まるし、土地の人も葭簾《よしず》茶店を出して商いが賑《にぎ》わうのである。このなかで子供がぼんやりおっとりしているはずがない。おとな以上にいろんなことを見たり聞いたり思ったりしてしまうのが、観光地の子だとおもう。おとなは儲《もう》けや稼《かせ》ぎ高で頭のなかがいっぱいになっているから、子供が覗《のぞ》いていることなど気もつかず、朝のお客、来るお客には愛想笑いや「お茶おあがんなさいまし、一服なさってらっしゃいまし、草餅《くさもち》、ゆで卵はいかが」と言うけれど、夕がたの客、帰り足の客には笑わないのだった。そして客もまた家路へ惹《ひ》かれる早足で帰って行く。ちょうど川に夕潮がさしてくると同じような速さで、土手の上の人影はばらばらとなくなって、桜だけがほの白く残る。この昼の賑やかさと夕ぐれの寂しさを子供が見逃すわけがないのであるが、おとなという——子供のなれの果《はて》は、そこを庇《かば》ってはくれなかったのである。

小学校のときの友だちといまだになかよくしているが、思いは同じだと見えてこちらから訊かなくても「夕がたの土手は急に寂しくなっていやだったわねえ」と言う。

熱海や別府のような大観光地は、朝も晩も往《い》く人、来る客に、潮の退《ひ》きどきなどない。のべつ幕なしの繁昌《はんじょう》である。東京の観光旅行団もそうである。迎えるも送るも、いとまない往ったり帰ったりである。そんなことは誰もなんとも思わない。ただ私だけが、――大正初期まで桜で名をとどめていた、はかない三日見ぬ間の観光地に育ったせいで、修学旅行の団体を見たり春を感じたりすると、うっすりと心に翳《かげ》が落ちるもののようである。来るものが帰るのは当然だが、常住居るものの寂しさと言ったらいいだろうか。

不潔

東京のような都会地にはいろんな気まぐれが、あぶくのように浮いたり消えたりする。フラフープのような遊びもそうだが、一文もかけず罷《まか》り通るのが、気まぐれにはやるはやりことばである。

ことし小学校三年のお嬢ちゃんだが、目下御愛用のが「まあ不潔！」である。両親が少しごたごたしたりすると、たちまち「まあ不潔！」とくるのだそうで、おとうさんが閉口している。どんな抑揚で言うのか知らないが、いやである。はやりことばだし、子供のことだから間もなく忘れてしまうだろうが、それにしても口づくということがある。やたらとひょいひょいそのことばが出て来てしまうのである。不潔ということばは、ちっとも不潔ではないが、その上に「まあ」が乗ると口調がついて口づきやすいし、使う場合によっては、ことにやたら子供に使われては気味がわるい。

掃除というのは不潔でないようにというのでする作業だが、掃除をなかなか上手にするひとがいた。食器を洗うのも手器用で、こびりつきもないし疵《きず》などもつけない。もと飲食店にいたので、そのようにきれいな掃除や皿洗いが身についたのだそうだ。その後そのひとは社員が三百人に近い会社の掃除婦として傭《やと》われ、いままでの日本座敷とは違う、コンクリートの床《ゆか》や事務机の掃除をすることになった。掃除面積も広いかわり、大ざっぱなやりかたで、とにかく時間に間に合わせなくてはならないのである。ふうふう言っていた。

そのうち一ト通り馴《な》れたと思ったら、炊事がかりに欠員ができて、皿洗いへ廻《まわ》された。分厚い丼《どんぶり》と洋皿の洗いであるから、繊細な和食器に必要な心くばりはいらないかわり、重さで骨が折れるのである。

先日、手が足りないままに、会社のひけあとをその人に手伝いに来てもらったところが、あら？　というような荒っぽさにびっくりした。洗いかたもいい加減なら、皿小鉢《こばち》の扱いもひどい。あげ笊《ざる》へまるでぶち込むようにするから、遠慮なく目欠《めか》けになる。これはかなわないと思ううち、こんどは掃除だ。四角い部屋を三角に掃くのなどは、私も腕におぼえの技術だがそんなのではない。こわし屋みたいなものである。片手で食卓なり手焙《てあぶ》りなりをぐいとずらせるのだが、リズム利用のみごとな技術である。やっと手をかける、その弾みに手前の側《がわ》を少し浮かせておいて、片頰《かたほお》をきゅっと引吊《ひきつ》らせると、ぐぐぐっと引張るのだ。畳のすり傷など問題ではない。拭《ふ》くということもすべてうろぬきである。ぞんざいというのではないようである。清潔度の低下である、というより不潔っぽくなったのである。

けれども悪いことばかりを拾うにはあたらない。皿洗いや掃除は薄ぎたなくなったけれど、あのころ身にしみていた、なんとなしの媚《こび》のようなものがなくなった。だから皺《しわ》はふえたが清潔な顔になっているのである。環境による潔不潔である。

縁起

縁起かつぎは日本に限ったものでもなさそうで、十三日が金曜にあたるとその日は悪日だという。だからと言って避けていられるものでもない。八時の約束だから六時半に起きる。とにかく玄関を出るまでに一ト通りの朝の家事はしなくてはならない。お手伝いがお嫁さんになって行ってしまってからは、二分の一だけの家事は負担しているのである。

原稿を書くのもありがたいしごとだけれど、久しぶりに家事をやると、もりもり嬉《うれ》しくなる。からだに粘《ねば》り気がなくなったら、届くはずと思って伸ばした手が届かなかったりすると、いささか年齢を知るのであるが、娘と競争しても私のほうが巧者である。実際が証明するから娘もそれを認めるのである。すると私はしんから嬉しい。だから図に乗ってもっとうまくやって見せる。そばで見ている人が「原稿も家事くらいに早く上手にできれば、文句ない幸田さんだがな」と言う。そう言われるとぺしゃっとなる。すみません、ごめんなさい。

警視庁の寺本捜査一課長さんに会いに行く。ある雑誌のプランで記事をとりに行くのである。行くさきは荒川署。例の一ト晩に十人も斬《き》ったり刺したりした通り魔事件のあった場所である。ここの捜査本部で朝の八時から捜査会議があるので、そこで会う。少しお話しして課長とは別れ、紹介された刑事さんたちにくっついて事件の聞きこみに十二時まで歩く。風が強くてつめたくて、鼻汁が出て困る。きりあげて警視庁へ行く。寺本さんは会食中を起《た》って来てくださり、四時半にスチュアデス殺しの杉並区捜査本部へ行くがと、にこりと笑って、「と言っても、ほかに事件が起きなければですよ。私のしごとには時間の確約ができませんでねえ、殺人なんてものはいつもこちらにとっては突発ですから。——」

四時までの時間をむだにすまいというので、一ト足さきに杉並へ行き、現場の地理を見る。そしてやっと昼食。電話でうちへ連絡すると、寺本さんから立川に事件発生でそちらへ行くと通知があった由《よし》、しまったとばかり立川へ大慌《おおあわ》てに駈《か》けつける。急ぎに急いでも自動車で一時間かかる道のりだ。行違いになった。寺本課長は今しごとを終えて帰ったところ。殺人でなくて自殺と断定されたという。へんにがっかりした。不思議な心理である。

五時にスチュアデス捜査本部へ。ここでも行違い。課長はいま来ていま出かけたという。えらく冷える。いらいらしながら自動車のなかで待つ。九時、やっと課長が現われ、大勢の事件記者と写真班を前に報告発表。靴《くつ》の片足が出ただけで、犯人については一語も言われぬ。記者会見を済ませた課長に、殺しの現場できびきび働く課長の姿を見せてくれと頼む。「そりゃだめですよ、幸田さん」

帰宅十時半。食事。入浴。やっぱり十三日の金曜日だった。えい、寝てしまえ！意志があってもなんにもできない日はあるものだ。

まぜずし

寒いうちは脂肪の濃いものや甘みの強いものがおいしいが、こう暖かくなってくると眼《め》に爽《さわ》やかなものや、酸《す》っぱいものがほしくなる。家庭でつくるちらしずしなどは、子供っぽい、女っぽいたべものだが、これには味以外にちょっとした思いが添っていないだろうか。少くも私には、あれをつくるときにも、たべるときにも、若さとか楽しさとか遊びとかいうところへ思いがつながる。

十六、七の若いときにもあれをこしらえようと思いたつと、おいしさ以外になにか気が軽く弾んだものである。弟と口喧嘩《くちげんか》などしたあと、ぶすっと拒絶的な気持になっている折からでも、つまんないからおすしでもこしらえようかなと思うと、ひとりでに機嫌《きげん》よくなって、いまさっき啀《いが》みあったばかりの弟へ、平然と突如、優しくしてやり、しかもそのゆえに姉の威厳を損じたとは思わないのである。まぜずしの威力である。

私が春になってすしづくと、閉口するのは酒のみの父親である。しょっちゅうたべさせられるものだから、「たまにはすしもいいものだ」と言う。こういうとき迂《う》闊《かつ》ではだめである。この種のさりげなき「たまには――」は、ざっと薙払《なぎはら》いの太刀である。かならず二の太刀があると覚悟しなくてはいけない。「折角つくるのにおまえのすしはちっとも上達しない。くろうとのと比較してみて、どこがどう違うか考えなさい」と来る。

くろうとさんのは御飯のなかの具が少くて、上側に卵焼やまぐろ・蛤《はまぐり》・さより・そぼろなどがきれいに並べてある。しろうとのは椎茸《しいたけ》もかんぴょうも御飯へまぜこんで、そのかわり化粧が貧弱にせいぜいもみ海苔《のり》と紅生姜《べにしょうが》だ。それで、うんとおごって、御飯のなかも化粧もごってりとやったら、なにせ甘酸っぱくてしつっこくて、結局は程知らずのばかだと言われたが、父親はまいったらしかった。

そのころ、まぜずしをつくると不思議に来あわせてしまう、百目木智運《どめきちうん》という坊さんの文学者があった。ほんとの偶然のめぐり合せにしかすぎぬが、きょうはまたすしだからと噂《うわさ》して待っていると、「ごめんください」と来るのである。坊さんだから食物をさしあげれば、かならず受けてたべる。私は百目木さんが私のすしを好きだと思い、「いつも来るたびにすしで気の毒だ」と父親は言う。こんなふうになるとへんな心づかいになるものである。とうとうある午後、すしを持ち出しながら私は、へへと笑ってしまった。笑ったから、しまったと思い、進退窮した。それをさすがに坊さんだ、（と父親があとでそう言った）「あっはっは」と笑って、すしの器を高く捧《ささ》げ、「御因縁のありますうちはどうぞいつまでも、伺うたびにおすしが頂戴《ちょうだい》できますよう。——だがしかし、あなたは手まめですな。いや、だんだんと結構にいただきます」と言った。忘れがたい跡味《あとあじ》である。偶然は人物の目方を量る秤《はかり》である。

女世帯

たまにはうちじゅうで出かけて遊びたいと言う。よかろう、留守番役は私がひきうけたと言えば、それではつまらない、一家の長たるものがサービスするのでなくてはおもしろくない、と言う。まさかうちを明けても行けないから、かねて懇意なひとを頼んだ。私と同年くらいでやはり寡婦《かふ》である。誘っていっしょに連れて行きたい人を、留守番に残して出かけるのは心が傷《いた》む。家人もみんなその点が気にかかるらしく「あゝあ、鍵《かぎ》一ツで気がねなく出かけられるような洋式家屋へ住みたいな」とか「どろぼうと火事のない国ってあるでしょうか」などとうるさい。

その結果、いっそじかにその気持を話して、もしその人が行きたいと言ったら、そのときは又なんとか方法を講じようということになった。ヘタな思案より訊《き》いてみるほうが早い。その人は快活に「それなら和菓子を買って頂戴」と言った。それでみんな気が晴れて出かけ、四、五時間遊んで帰宅した。

その人は「みんなたべちゃった」とて笑いで言う。みんなたべたのはなんでもないが、三十個ほどだからちょっと驚いた。「みなさん出かけてから、まず七、八ツ。それから庭を掃いたり玄関の格子《こうし》を丁寧に拭《ふ》いたり。でもね、あそこの箱のなかにまだ残ってると思うと、気になっておちおちしていられませんよ。だからちょいと行っちゃ二ツ、ちょいと行っちゃ三ツ。こんなにたべちゃ恥かしいと思ったけど、久しぶりに存分好きなものをたべたって気がして、ずいぶん楽しかった。じゃ、さよなら。あら。おみやげなんていやですね。え？　お菓子！　まあありがとございますねえ」

ちょいと行っちゃ二ツ、ちょいといっちゃ三ツ、……言いようによっては下司《げす》になることばだが、大胆なまで正直でみえばらないので、あんこ好きの喜びと楽しさが哀《かな》しいほど純粋に訴えてくる。一家総外出の跡味《あとあじ》はあまかなしかった。いかにも女世帯に起きた話である。

もう一ツ。一人息子で、その息子が多少変りものでまだ独身なので、老夫婦は寂しい。老人はお相撲ファンで、相撲のときだけ私のうちへ見に来る。テレビなど近所で見ても同じことなのだが、そう言って数少い知人を訪れたいほど寂しいのだ。家人もそのことを知っていて、ありあわせで御飯などすすめるのだが、このところその家人たちがいやだと言いはじめた。「なぜおじいさんばかりするんです？依怙贔屓《えこひいき》です。おばあさんはそのあいだ一人で、よけい寂しく留守番してます。奥さんは女のくせに、おばあさんのことを考えないでひどいです。いつも言ってるくせになんです？　家庭の主婦くらい家庭に縛りつけられて哀しいものはないって。――舞台中継のときおばあさんに来てもらって御飯にしましょう」

ぎゅうとねじられた形だが嬉しかった。私のうちは女世帯だなあ、と思うのである。

墓参

お彼岸のお墓詣《はかまい》りに行くのである。数えの七ツのとき母を失ったので、それ以来ずっとお墓へ何度お詣りしたことか。思えばもう五十年になるのである。ずいぶんお詣りに縁の深い生まれつきなのだとおもう。私には三ツ違いで姉も弟もあったのだが、みな早くこの世を立って行ってしまったから、この人たちも数少なくお墓詣りをして、数多く詣られているのである。父親は戦後まで残っていてくれたが、机に向いて読み書きする生活ではいちばんさきに疲労は足へ出るのである。お詣りに昇り降りする百段にちかい石段は、ことに持病の糖尿がよくないときにはこたえてしまうらしく、若い私を代参させた。その父ももういなくなって、いよいよ私は専門のお詣りである。だがこのごろでは、ちょいちょい娘が代ってくれる。

真夏の百段の石段はこたえるようになった。

石段の下はまっすぐな参道、その出外れの角に古いくず餅《もち》屋がある。百段をあがり降りしたあとでは、甘いものがほしくなるから、休んで行く人が多く、おみやげの折詰も結構売れる。戦争中は店をしめていたようだ。あるいはずっと商売はしていたのかもしれないが、表を通り過ぎに見るかぎりでは、いつもガラス戸がたててあり、床几《しょうぎ》はかたづけてあった。

それが戦後二年目だったろうか、三年目だったろうか。店があいていた。ようやくやっと形ばかりに店をあけた。といった様子でそこいらじゅう煤《すす》ぼけ、肝腎《かんじん》のくず餅そのものも貧弱きわまるもので、芋飴《いもあめ》のにおいのする蜜《みつ》がかかっていて苦《にが》かった。だが、それをたべているあいだに、私は連れと顔を見あわせた。私たちの床几のすぐうしろが帳場になっていて、そこから漏れ聞えてくる会話が、どうやらおめでたであった。そこの息子さんへお嫁さんをすすめているのである。いま私の前にくず餅を持って来てくれた人が、嬉しさを隠せない声で、「なにぶんよろしく」と言っていた。私たちは急いで店を出た。

そのつぎ行ったときは、あゝあの人、とわかるお嫁さんがいた。そのつぎはその人が幅の広い前かけをかけてい、そのつぎは赤ちゃんがいて、そのつぎは改築された店に赤い小座蒲団《こざぶとん》が新しかった。すっかり身上《しんしょう》がたて直ったことがわかる。息子さんはいまはおやじさん顔になったし、あの人には妻の貫禄《かんろく》がついた。

私はこの夫妻にむだ口を利《き》いたことはない。もっぱらくず餅をたべさせてもらったり、おみやげの折を買うだけの、いつも行きずりの客である。だから、こちらで勝手にお詣りのたびに、それとなく「元気かな？　あゝ元気だ。これでよし」と思うのである。ひそやかなる世話やきばあさん、とでもいうものかと苦笑する。あちらは知るまい。

しかし、あの夫妻もあるいは私を、「ながいお詣りさんだねえ」と言いあっているかもしれない。

先　生

一人の人が一生のうちに、何人の先生にものを教えてもらうだろう。幼稚園からはじまって学校の先生がたは言うまでもないが、このごろは学校外にお稽古《けいこ》ごとをするのがはやりで、小さいひとがピアノとかバレエとか特別の先生についている。学校を卒業したお勤めの人たちもいろいろ先生をもっている。生花・茶の湯組もあるし、手芸組、スポーツ組、実用組の人は簿記・筆記・タイプライターと何でも片っぱしから習得しようというのもある。

主婦はタイプや簿記を習っても、それを生かして働きに出るだけの時間のゆとりがないから、こういう習いごとをする人は少いらしく、スポーツもいまさらテニスは骨が折れるし、——手芸が多いだろうか。

知人に生花・茶の湯の先生があるが、忙しいなかにひまを作っては、書道・日本舞踊・小唄《こうた》と習って歩く。人にものを教える商売は、とかくつつしみがちになるので、気が深《ふ》けていけないと言う。先生と呼ばれれば、いつもどこからか多数の生徒に見られている、と覚悟していなければならぬ。「学ぶ」は「まねぶ」であって、まねる意味があるのだから、見られているということは真似《まね》られることだとまずはそう思わなくてはならない。まねられて赤面するようなことはできないから、いつもつつしんでいる。すると着物でも何でもついじみにおちついたものをえらぶようになるし、気持もなるべく平穏にと心がけるので、いつしか年齢よりふけてしまう。けれどもお弟子さんがたは欲ばりで、ふけておちついている先生は好きなくせに、ふけこんで若さを失っている先生なんかは大嫌《だいきら》いなのだそうだ。ふけていて若々しくなくては、生徒たちに人気がないのだそうだ。むずかしいものだ。

ものを習えば気が若やぐという。それでそのお師匠さんはせっせと稽古ごとをして、活気をたやさないように心がけ、かつ楽しんで生活をしているのである。

月謝を出す出さないにかかわらず、教えてくださいと願う以上は、教えてくれる人は先生である。でも願わないで教えてもらう縁もたくさんある。私にも学校の先生のほかに、幾人かの先生のお世話にもなり、また願わないで教えてもらった師もたくさんある。ふと読んだ本、行きずりに見てはっと合点された光景等々、何人の師に逢《あ》っているかと思うときうなだれて感謝する。そのなかで大きな師が一人いる。死である。私は十年ほどまえに父の死にあったのだが、あの死にあったのでどんなにいくつものことを教えられたか、数えることもなにもできないのである。死というのは、どんづまりに控えた大先生であるとおもう。だが、この大先生にあって教えを受けるのは、——頭の悪い、しかもなまけもののみなのだ。死は師である、と私は思っている。

手帖に書く

けさは雀《すずめ》があまり大元気すぎて癪《しゃく》にさわってしまった。

うちには猫《ねこ》がいて、それが夏冬を通じて夜あけというと、きまって外へ出してくれといって人を起しに来る。誰かが起きてやって、——そのとき私は自分が起きあがらないまでも、大概ほとんど眼《め》をさますのだが、それからまた一ト寝入りして、六時から六時半にみんな起床する。その一ト寝入りがなんとも言えない楽しさで、おまけの楽寝といった気分があるのだ。それをけさの雀どもは、猫が出て行くと間もなく、ちいちいぱあぱあとやりだした。はじめのうちはこちらも気持よく、いかにもお彼岸めいているなどと思ってうつらうつらしていたが、そのうちいやに数が多くなって、遠慮もないぺちゃくちゃである。まるで競いあうとか、言い募るとかいうような声の調子なのだ。雀の議会なのか、ボスの立候補なのか、集団結婚式なのか、えらい騒ぎだ。

おかげで、春眠暁《あかつき》にはっきりと覚めて、まさに啼鳥《ていちょう》を聴いたことになった。いまいましい雀どもだと思っていると、ふっとみな立去ってしまって、うす明るい部屋のなかに私ひとり、雀のぴらっとする羽の動きなど思い描いていた。憎めない小鳥である。雀百まで踊り忘れずでぴょんぴょん跳んで歩く鳥である。雨の日には身を細く濡《ぬ》れて、頭が利口げに円い。颪の日には颪に流されるものだから、迂廻《うかい》して目的の木のうろに辿《たど》りつく小さな茶色のからだである。農作物を荒すから中国では雀を「害」として数えているというが、憎んでいるのだろうか、それともその害を憎んでその雀を憎まずなのだろうか。舌きり雀の幼い日からの影響かどうかわからないが、私には雀という鳥は憎みきれない。だから、もう一ト寝入りの楽しさを妨げられると癪にはさわるが一斉《いっせい》退去されるとそのあと、天井と夜着の襟《えり》の中間に、彼等のぴらぴらっとした羽のひらめきなどを感じているのである。結局、私がけちな癪にさわりかたをして、蒲団のなかでもじもじしていたということである。

志賀先生が縁さきへパン屑《くず》をまいて、静かな愛情で雀を見ておいでだという話は有名だ。私は一度しか伺ったことがないが、そのときも雀が来たり行ったりしていた。ふとった雀だった。羽の斑《ぶち》がはっきりしている雀だった。餌《えさ》を拾う足もとを見ていると、その雀の用心ぶりの度合がわかるものだ。私のうちには猫がいるから、雀はいつも逃げ足を用意しているが、志賀邸の雀は疑いをもっていなくて、踊りを楽しんでいた。雀が楽しめばこちらも心がのびのびとする。

でも、雀はたしかにいたずらも楽しむのである。いつか菊を植えて、それが揃《そろ》って芽を伸ばしたので大切にしていた。五月の夕がたで、菊は三列に花壇に並んでいた。雀が一羽入って来て、ぴょいと跳んでぴょいと茎を引張って、茎はぶらんと折れた。ぴょいぴょいぴょいと軒なみに折った。ふざけた奴《やつ》である。だから、こうして雀の手帖《てちょう》に書いておいてやるのである。

おすもう

私は子供のころ、父親が梅ヶ谷だの常陸山《ひたちやま》だのの話をしてくれたおかげで、相撲が嫌いになってしまった。見たこともないくせに、お相撲さんも相撲の勝負も嫌いになったのである。

こんな大きな腹で、こんなにふとっていて、こんな目ざましい力があってと話されると恐ろしかった。お相撲を厄《やく》神様とか、悪い人とかいうように思えて恐れるのではなくて、なみの人より大きすぎ強すぎるところがこわかったのである。それだから、その強すぎる人同士が裸で争いあって、片方が投げ飛ばされたり押しころがされたりすれば、そのすさまじさがこわくていやなのだった。

そのころ、安いおもちゃで相撲人形があった。高さが一寸五分くらいなものだろう、腹から上のお相撲の形をした泥《どろ》人形で、足はなかったように記憶する。腰のまわりにぐるりと棕梠《しゅろ》の毛が植えてあって、なんのことはない、亀《かめ》の子だわしのスカートをはいているようなものである。これをタタミの上なり板の上なりに対《むか》いあいに立たせて、人形のまわりからその持主の子供たちが、げんこでタタミなり板なりを叩《たた》くのである。震動がたわしスカートに伝わって、人形はずずずと動いて行き、接触し、ときによると四ツのかたちに膠着《こうちゃく》したり、右より左よりに回りこんだりする。

するとと持主の子は、自分の魂を人形にいれあげたように熱狂し、見物人も東西にわかれて大応援をする。見物人というのはみな友達の子供たちで、それはめいめい自分の人形の持主でもあり、したがって自分も何番目かには土俵へあがる力士であり、かつ見物のお客であり応援団員でもあるのだった。なにしろたわしスカートの取組であり、叩き具合の技術による相撲だから、円をえがいた土俵上では両力士ともいちどにぶっ倒れたり、全然そっぽを向いていて、いくらドドンカドンドンと叩いても寄りあわないこともあって、ひきわけ・ものいいは常のことである。当然、ひいき筋も行司も喧嘩《けんか》ばかりで「のど輪だあ」と言ってあごを上向けにされた子の顔が、見る見る血の噴き出そうにまっかになったときは、私は我を忘れてその勝力士へうしろから武者ぶりついて行き、さんざんにこちらも負傷したが、あちらにもめめず腫《ば》れをつくって泣かせた。思いだすと、あのせっぱ詰ってとっかかって行ったときの、言いようのない悲しさがよみがえる。あの感情は忘れないのである。いやあな気持だけれど、わが幼き日の、すこし輝かしき想《おも》い出《で》でもある。いやだと思うと夢中になって、いやなところへ突貫する性質らしい。

これだけで幼き一日の相撲ばなしを終ってはいけないのである。その相撲の勧進興行元は私の弟で、場所は私のうちの仏間《ぶつま》であった。私はそのときもう母を失っていて、母の姉に当るひとが一家の世話をしてくれていたのだが、この伯母にうんと油をしぼられた。「なんです、仏さまの前で男の子に馬乗りになって」——仏間も嫌いである。

象

取材に行っていろんな話をきくのは嬉《うれ》しいのである。これもひとえに作文を書いたおかげだとおもう。「書いた」おかげである。下手でも不出来でも、才だの素養だのがどうあっても、そんなことよりとにかくつとめて「書いた」のがきっかけで、取材に行くなどという楽しい御褒美《ごほうび》がもらえたとおもう。

月に一回、動物園へ行って話をきくのだが、これはことに楽しい。思わずふきだしてしまう話、きいているうちに感情がせまって涙の出てしまう話がたくさんある。それを淡々と惜しげもなく話してくれる。「あたしたちは筆をもって書くなんてことは駄目《だめ》なんですよ。だからこんな話でも、もしあなたの材料になるというんならこんないいことはない。あたしが胸のなかに仕舞《しま》っといたって、いわば宝の持ち腐れというもんでさあ」宝ものなんか持ち腐れにしたって屁《へ》とも思っていないような男は、立派である。そういうとき私はひとりでに慎ましくおとなしく、やさしい気持にさせられている。私は、宝を持ち腐れにしながら惜しそうにもしていない男の前に出たとき、自分が女らしくなっていることに気付く。

　だから逆に言って、女が女のよさを最高度に発揮しているとき、その前にいる男は、自分がいかに男であるかと気付くのではないか、と思う。

　きのうは象の話を取りに行ったのだが、それはある社に書く約束の上での材料だから、ここに流すことはできないが、そちらへ使わないことをひとつ。

　ちょうどおひるで、係りの人たちは食事をしていた。そこへ息せききって一人が駈《か》けこんできて、ふにゃふにゃという。「どうしたんだ？」と、わけはわからないがみなは浮腰になる。「――でえっけえのが――でえっけえのが――」とことばはそれだけで、両手で大きな山の形をしてみせる。幾年も動物園につとめていて、非常の際に「象」という一ト言が出ず「でっかい」となって出たのである。第二のしらせがきて、象が二頭半、象舎から扉《とびら》をあけて勝手に外へ歩きだしている、とわかった。一大事である。

二頭半というのは、三頭目のが戸口で半分出かかって、まごまごしていたからだそうだ。食事中の人たちも「でっかい」の人を笑いきることはできない。なぜなら動物園ででっかいといえば、河馬《かば》もきりんもいるけれど、まず象と思うのが当り前だのに「象が勝手に戸をあけて出歩くわけがない」と思いこんでいたからこそ、でっけえが象と通じなかったのであろう。ここなのだ、私がありがたいとお辞儀をするのは。宝である。もし私がこの話をきかなかったら、象の脱走を書いて、係りの人を顔色蒼白《そうはく》にして「でっけえのが、ふにゃふにゃ」と言わせて、食事の人たちをたちまち「それっ」とばかり駈け出させるにきまっている。

実際を話してもらうのは宝である。

ピューマの子

さきごろ上野動物園でピューマの赤ちゃんが生れ、園では大切に大切にして人工栄養で育てていたが、はじめから人に育てられたので人なつこく、じゃれたり遊んだり、これからがかわいい盛りになろうというところで、天国へ行ってしまった。飼育の人の落胆も察しられるし、新聞のニュースで読んで期待していた動物好きもがっかりだろう、——と話すと「ピューマって猫科ね？」と言う。宿なしでその日暮しのかわり、勝手気ままなのら猫なら育ちやすいのに、貴重な猛獣ともなると結構に飼われていても、しかもなお自然から遠く引き放されて、そのゆえに育ちにくいのかしらと話しあって、短命な日本生れのそのアメリカライオンを悼《いた》んだ。

「でもね、いったいに猛獣は育てにくいんじゃない？　虎《とら》もとてもうまく行かないわ」「へえ！　虎もだめなの？」「ええ、どこのお宅でも虎の子がすばらしく育ったというためしがある？」——かつがれたのである。なるほど、へそくりの虎の子は飼育のむずかしい点で、猛獣と同列の扱いを受けてもよかろうか。

お金のことはほんとにむずかしい。この十六日には税金を納めてほっとしたが、春あさき午後である。なんだか無理からに薄着になってしまったような気がして、身軽さと同時にうそ寒さを感じ、番茶を熱くして飲んだことである。

女ごころの気の小ささと気の強さとで、税金になんかおどつくのはいやなので、前もって心がけておくお金なのだから、いま急に身の皮剝《は》いで納税というのとは違うが、それでもなおかつうそ寒いのである。用意したものであっても脱いだことはたしかである。はじめから税と観念したものであって、好きに遣《つか》えるとは思っていなくとも、でもそれを出せば血がへって寒くなったように感じるのが人情である。

そして又、それが金というものの性質だとおもう。何のための金であっても、そこに幾何《いくばく》かの蓄積があれば、識《し》らず知らずのうちに温かみを通わせてしまうし、出さなくてはならない時にいたって、ああ、これが金の力というものかと事新しく恐れるのである。誰も多かれ少かれ金を手にしない人はなく、多かれ少かれ金にはものを思わされているはずである。けれども、金の性質を考えているひまなどはなくて済んでしまう。それも金の性質である。

ちかごろマネービルがさかんに宣伝されている。宣伝元の人たちはさぞやさぞ、金の性質など端《はじ》から端まで熟知だろうに、金はためればそれでいいもの、儲《もう》ければそれで幸福ではないはずである。ためたり儲けたりするコーチもありがたいけれど、納税してさえ番茶の熱いのに御厄介《ごやっかい》になりたがる人が、私のほかにもあるとおもう。お金の性質の講義もちっとは聴かせてくれても御損ではあるまい。虎の子は育てたいのである。

無音

お手伝いさんがそこのうちの主婦に向ける批判には、相当辛辣《しんらつ》なものがある。もちろん一つ屋根の下に一つお釜《かま》のごはんをたべもするのだから、辛辣ばかりでなく愛情ある見かたもしている。愛情のほうはいいが辛辣に属するほうは、心をとめてよく聴いておく必要がある。自分もよく知っているような欠点は、まだしも上の部の欠点であり、指摘されてびっくり気のつく、罪浅からぬ欠点もあるし、指摘されても一年や二年は承服しかねる欠点もある。深淵《しんえん》のごとき欠点である。身近にいる人はその深淵のごとき欠点に、いちばんひどく悩まされるものである。だからお手伝いさんの辛辣なる批判は、得がたきこちらの反省になる。

私は小娘のときから台所をやらされ「きれいに早く、そして音をたてるな」と訓練された。その訓練のおかげで手早だから、女中さんからは「役に立つ奥さん」と言われる。ここでいい気になっちゃいけないのである。これはおおぜいのお客さまの食事とか、山のような跡かたづけとかの場合に限り、役に立ついい奥さんの褒《ほ》めことばを貰《もら》うのであって、常不断《つねふだん》のとき私が台所へ出て行けば、逆にしかめつらをされる。「口も利《き》かないで、追いたてるような使いかただ」

なるほど私はあまり口を利かない。台所は働き場で、働くときことばに頼るのなどまどろこしいと思う。二人いっしょに働けば心は一ツ、眼《め》は四ツ、手は四本の勘定だと思っている。二人で働くだけの早さはそこにあると思うのだ。無言で通じあう働き場の時間というものを、私はむしろ自慢にしている。自慢なんてものはあちらから見ると、しばしば深淵的欠点であろう。

それで私は陳弁したり反省したりのあげく、妥協案を出した。私が手伝うときは私流に、あちらが一人でするときはあちら流に好きなように、というわけだ。彼女は小声で歌いつつ、長い時間かけて瀬戸物の音をたてている。私はそれを聴きつつ原稿紙にむかう。

うまく筆が乗って書けているときは何も気にならぬ。渋りだすと台所の音が耳に邪魔で「あれはどうしても彼女の欠点だ」と非難し、しまいには「あれが気になって書けない」とさえ心中に思う。それで済めば文句はないが、もっと書けないときは、往来の騒音にいらつきだす。本気で引越のことを考えたり、騒音防止協会へ相談に行こうかなどと、くるくるぱあになってしまう。

するとこれもものを書く知人が来て、「無理もないですね。女中さんはあなたのしごとを理解していないし、この道路も、こりゃひどすぎますよ。こんな環境では書けるものじゃない」と同情してくれた。ほんとうにそうなのよ、と言いかけて、ひょっとわからせられた。書けているときは台所も道路も、なんでもないのだ。とすれば、書けないとき気になる台所と道路の音は何だろう? 「書けない音」である。いや、書けないときの「私の騒々しさ」である。無音の世界を持てなくてはならないと痛感する。

高所・恐怖

私のうちのように往来ばたで、午前二時まで物音のしているところに住んでいて、たまに閑静な田舎の宿などへ行くと、へんに圧迫を感じてかえって休まらないことがある。静かさにひしひしと取囲まれて、窮屈になるのである。静寂がこちらの身をも心をも縛りかけてくるように思うのである。そんなとき、鳥けものの声とか人の話し声とかが聞えてくると、すうっといい気持に静寂の呪縛《じゅばく》が解けるが、金物《かなもの》の軋《きし》りとかガラスのこわれる音とかがすると、きくりと不安になる。金物の軋りもガラスのこわれもそんなに大事件ではないと知っていて、やはりぎくっとするものである。音というものの正体もなかなか摑《つか》みにくい。

高所恐怖症となった。なんとかいう映画があって、その当時高所恐怖症のことが言われていたが、高い所をいやがる人はたくさんいる。私も高い所は閉口するほうだが、まさかよその人が高い所にいるのをこちらから見て、顔色をなくすほど大恐怖症でもない。あるときダム工事を見に行くことになった。

ダムだから谿《たに》が迫って、深い川底が露出していた。河水は別に掘った臨時の流路へまげられているので、川底が出ているのだった。急傾斜に切り立った岸の縁にさらに高々とバッチャープラントが建てられており、そこへあがって見学するのだが、どうも少なからず足腰がこわばった。まだ階段に足をかけないで、ただ見あげているだけだというのに、背骨からこまかい振動が伝わってくるのだから、これはたしかに恐怖症という気のやまいだとおもう。同行はみな男の人だし、平生は気の強いと信じられている私が、実は内心びくびくだなどとは誰も考えなかったらしい。

そういうとき私は意地や強情ではなくて、むしろ素直に、のぼらなくてはいけないのだと思ってしまう。それでのぼった。なんにもほかのものは見ないで、ただ目の前の一段一段を見るばかりだ。狭く浅く、まっすぐに突っ立っている金属の梯子《はしご》で、なぜああいう情ない作りの梯子なのかとおもう。一階や二階はまだステップの幅も広いが、上のほうになってこわさがふえるところは狭くなっているのである。

あれは下のほうが狭くても、上の方を広くしてくれればいいのに人情がない。

とうとうてっぺんまで行った。そこで写真を写され、そのときに、なにをっと強情で笑い顔をしたが、泣きそうにやっと笑えた。それまではまだよかった。さて降りるとなったら、ずうんと谿の下の川底まで見えてしまった。めまいも恐怖症もあったものではない。はっきりと高さを見てしまったのだ。あの一瞬はまったくなんと言いようもない。死の無音だったと思う。

というのは、そのあと一段、一段、昇りよりこわい思いで降りるあいだじゅう、これ一ツとすがりついて頼りにしたのは、自分の心臓鼓動だった。力づよい音だった。どきどきと。

ある宴席

川のほとりにある名の聞えた料亭へ、娘といっしょにといって招待された。そこは私に少し縁のあるところなのである。手前ごとの広告めいて気がひけるが、数年まえ、私は『流れる』と題して、女中の眼を通して芸者家さんのことを書いた。女中の眼を通して書いたことがおもしろいといって映画化されたのだが、そのとき映画会社が脚色の田中澄江氏をはじめ、出演の女優さんたちを招いて顔合せの宴をひらいてくれたのが、この料亭であった。そして、そこがちょうど恰好《かっこう》な風景なり座敷なりだったので、映画のなかの一シーンに使われもしたり、そのとき席に出てとりもちをしてくれた芸者さんの一人は望まれて映画のなかに一ト役出てくれたりした。そんな縁があって私にはなつかしいうちだったが、きょうの招待がそこだとは、案内されるまで知らずにいた。行ってみたらそこだったのである。

私は作文のことに関して出かけるとき、ほとんど娘を連れては行かない。連れて来て見せておいてやりたかったと思う結構な席もあるのだが、それではそのつぎ連れて行くかというと、やはり連れては行かない。お末社《まっしゃ》をひきつれて招待の席へ割りこむ度胸などない。それなら自費で連れて行くかといえば、これもできない。私にはそれだけの力はないので、済まないと思う。身の程はわきまえなくてはならないものであるけれど、自力でなかなか行かれないような所は、機会があるとき多少の障りはこらえても、見ておくほうがいいのである。身の程身の程と言っていれば、身の程より高級なものはなかなか知ることができないからである。高級な料亭や豪華な衣装を、ぜいたくだけにきめて排除するのは、すこし気が小さい。どう高級なのか、どう豪華なのか、知ろうとしないのは愚である。私は小さい生活をしているが、できれば娘にこんな料亭もあることを見せておきたい。そういう良さを取ろうと捨てようと、それは当人の気持次第であり、母親としては一度は見せておいてやりたかったのである。

年増《としま》さんと若いひとと、芸者さんが二人入って来て、行儀正しく挨拶《あいさつ》をした。商売だから型にはまって、きちりと美しい頭のさげようをした。娘は芸者さんの来ることを予想しなかったのだろう、少し慌《あわ》てて、これはしろうとくさいお辞儀をした。芸者さんは美しく立ちあがって、おめず臆《おく》せず、うしろを見せてさがって行き、やがてお膳《ぜん》を捧《ささ》げて来て、めいめいの座に据《す》えた。娘はどう応対していいかわからないらしく、それにものめずらしくもあり、まごまごと固くなった。まごついて、芸者さんの前で神妙になっているのが、彼女の器量いっぱいのところであり、偽らない彼女の性質の現れである。はでに、ものなれて、機転を利《き》かせ、おもしろく浮きたたせることなどてんでできないのである。私に似ているのである。そのうち、あのとき映画に出てくれた美人が島田に裾《すそ》をひいて入って来、振袖《ふりそで》のお酌《しゃく》も来て賑《にぎ》やかになり、焦茶《こげちゃ》の服の娘は頭をかしげて飽かず眺《なが》めていた。

顔

世の中に美人はたんといないのである。みんなが美人だと、わざわざ美人ということはいらなくなる。美人は少ないから珍重されるのだが、それでもすこし点をあまくすれば、きれいな部に入る顔はちょいちょいある。ことに戦後は鼻の下の線が美しく整ってきたとおもう。鼻のことばかり人はいうが、私にいわせれば鼻は二の次、三の次であって、鼻の下の具合よくできている顔は、好ましいのである。あそこがよくないと、せっかくいい形をした鼻がついていても、台なしのぶっ壊しである。鼻などは低くても、鼻の下が引込みかげんに引しまっていると、鼻は高くみえるもので、反対にどんな形のいい高い鼻でも、上唇《うわくちびる》がとんがり出しているとみっともなく見える。

唇のうごかしかたで尖《とが》り口になる人もあるが、たいがいは唇でなくて骨の形によるのだから、これは生まれつきでどうしようもない。日本人には多い口つきである。それが戦後は目立って少なくなって、横顔にきれいな線をみせているひと、濃い口紅をつけていても正面から見られて恥しくないひとが多くなった。私の鼻の下も不出来で、横から見ればささやかな鼻がわずかに三角形を保ち、すぐその下にまた小型三角形の上唇がもちあがっているので、はなはだおもしろくないのである。それでももう五十六年間も、このダブル三角形につきあってきたのだから、いまさら文句をいう気はないが、おかげで一生、上唇にはろくに紅をつけたことはない、えらく尖がって見えて、しかもきつい顔になるからだ。

このごろは外国人のような、内のめりな唇や歯なみを持つ人がある。そういう人を見るとき、ついこんなふうに紅をひいたら引立つだろうに、と思ったりして他人の顔の造作で楽しませてもらったりする。

顔は表看板で、いやでも人に見られたり見せたりしてしまうから、成り行き上、美人、不美人は多数決できまってしまう。衆目の見るところ、十指がさしてきめてしまうのだけれど、心臓が強ければ衆目にへこたれず、うぬぼれてもそれは勝手である。顔はうぬぼれが割に多いものだが、ここに足の指というものがある。足の小指の爪《つめ》に「われこそは――」と名乗りのあげられる人は、それこそ少ないのではないかと思う。顔はさらしてあるのにうぬぼれられ、小指の爪は常にかくしてあるのに誰も自慢をしない。せめて小指の爪ぐらい桜貝のようにきれいだったらなあ――と若いとき何度おもったことか。鼻の下も間抜けで、足の爪もしじみ貝のかけらでは、魅力に遠いとあきらめたのである。

「芸者や女優はきれいに越したことありませんが、中年以後の運はきれいだけじゃ決まりませんね。不器量が年をとってからめきめきいい女ぶりになりますからね。要するに死んだか生きたかわからないような人が不美人でしょ？　そういうのを生ける屍《しかばね》というんでしょ？」年増芸者さんに生ける屍といわれて、たじたじとしたのだった。

猫と犬

眼のたまが飛び出したというのは、普通は、むやみに値段が高くて驚いたときとか、ひどく叱《しか》られてかっかとのぼせたときなどに言う言いかたである。形容であって、ほんとに眼のたまが出ることはない。ほんとに眼のたまが飛び出したという話を聴いたのは、きょうで三度目、めずらしい出来事だとおもう。きょうのは猫《ねこ》の話で、心易《こころやす》くしている獣医の先生からである。シャム猫の仔《こ》なのである。

そこのお宅では、飼猫がよその家へ行っていたずらをしないようにというので、出窓に鉄網を張って猫の遊び場にこしらえてある。仔はいまがかわいいさかり。親猫二匹と仔はその出窓にいて、室内とはガラス戸でしきられている。奥様は猫用のおさかなを焼いておいてから、近所へちょっとしたお使いに出かけた。さかなを焼いた匂《にお》いは台所から溢《あふ》れて、茶の間を越してガラス戸の隙《すき》をくぐり、出窓の猫の鼻に届いたろうとおもう。規則正しく餌《えさ》を与えられている猫は、当然その時刻に空腹だったろうし、言うまでもなく嗅覚《きゅうかく》は鋭敏だ。猫は俗にいう猫舌で、熱いものはたべられない。奥様は焼ざかなのさめる時間を測って買いものに出かけたのである。

帰って来ると、猫はガラス戸の向うで啼《な》いている。あけてやると、親猫どもがさっといっさんに駈《か》け入り、ちびも続いて台所へ行ったと思ったら、どおんと音がして、ふりかえって見たら、ちびが血をこぼしつつ、ふらふら、よろよろと出て来た。頭がえらく腫《は》れあがって、眼が飛び出していた。多分、仔猫なので程もわからぬ走りかたをしてブレーキが利かず、ステインレスの調理台の裾へぶつかって、どおんだと、先生は推理する。かわいそうに失明したそうである。なんだか猫ごとではなくて、自分のことみたいだ。無鉄砲に走ってブレーキが利かないなどは哀感がある。

もう一つの話は、あの坊ちゃんがことし二年だから三年前だ。仔犬を飼ってもらって、起きるから寝るまで仲よくして、おやつはほんとに半分わけだった。おとうさんと散歩に行ったとき、眼のまえでこの仔犬が自動車に飛ばされた。右側からぶつけられて左側の眼が出てしまった。茫然《ぼうぜん》としていた子供ははっとわれに返ると、

「ポチ君のめめ、パパ、助けてやってえ」と叫んで泣いてしまった。パパは泣き叫ぶ子と犬に、胸が煮えくりかえって、家畜病院を捜して走った。だが、片眼になって命拾いをした犬は、片耳のために距離がはっきりせず音感もわるく、かわいそうなことになった。

坊ちゃんはその後、「こわい」と言うようになった。眼の出た犬の顔をあとから思い出すとき、「こわい」のである。突然の非常時には正視し、子供ながらちゃんとその事態を善処したのだが、のち残るものは恐怖の印象である。子供はそういう点に曇りがない。大人ならあとあとまで、眼の出た話だけをするだろう。さすがに家畜の先生は、仔猫の怪我《けが》を愛情とユーモアにくるんで、「めでたかないです」と話した。

三月尽

三月が終る。ついこのあいだ二月尽を書いたのに、もうまた三月が済んでしまう。三月は毎年、足の早い月でとてもかなわないのだが、ことしもまた追いたてられた。それなら、追いたてられてどんなしごとをしたかというと、目ぼしいことは何もしていない。

それでも記憶に残っていることはいろいろある。けれども、したことの記憶よりしなかったこと、果せなかったことのほうがはっきり残っている。警視庁の寺本課長を一日じゅう追いかけて、荒川の通り魔、高井戸のスチュアデス事件、立川の殺人くさい状況下の自殺——と飛びまわって、しかもとうとう記事にできなかったのなどは、いちばん印象ぶかく残っている。書けなかった原因は「不納得・不十分」

である。何でもかでもいいから記事にしてしまうというなら、一日じゅうこれだけ駈け歩いていれば二十枚や三十枚の材料はある。けれどそういう材料は、中心点からずっと外側にころがっている材料だ。私のほしかったのは、たとえば熔鉱爐《ようこうろ》の釜《かま》のなかのようなものであって、工場の塀《へい》のきわにこぼれている鉄粉を与えられても、うんとは言えない。そりゃ鉄なら粉でも打てば火花は出るけれど、一瞬の火花であの爐のなかを推察するようなことは、私はすべきではないと思っている。

だいたい私が人生の大部分をと言えば大袈裟《おおげさ》だが――暮してきたのは、主婦の座であって、主婦というしごとはかんだのこつだのが発達する一方に、ひどく何でもかでもが「実際」である。米は金をもって買い桝《ます》をもって計り、水をもって洗い、火をもって炊《た》く「実際の納得」がある。これが主婦根性である。かんだのこつだのという名人芸のうちにはいる理解のしかたも尊敬はするけれど、それだけに頼ろうとしないで、実際に納得しなければ安心はもたないのが主婦の性格である。あの一日を書く気になれないのは、塀のまわりを回った一日だったからで、主婦根性から来た抵抗だとおもっている。いつかまた改めて、警視庁へ寺本さんを訪ねようとおもう。そして書けなくておぼえている印象を、書けて忘れてしまうことに置きかえたいのである。

しかし、この日のうちでもっと印象に深く残っていることもある。それは書けなくて記憶しているのではなくて、書いてみたいと思う風景なのである。あのかたの死体があったという川の風景なのだ。一方は雑木の岸で見通しが利かず、一方は麦畑で遠く見通す。そのなかを水の少ない川が流れて、川底の泥《どろ》が出ている。ぼろだの木片だの竹籠《たけかご》だのがきたなく捨ててあり、快晴だのにひびの切れるような風が吹いていて、足もとの萱《かや》の立ち枯れを蹴《け》ってみたら、青い芽が三つ、深ぶかと隠れて春の浅いことを示していた。景色はただこれだけなのだが、さてここに漂った「憂《うれ》い」なのである。それが深い印象になっているのだし、書きたいのである。

ただし、書きたいのであって、まだ書けてはいず、きょうは三月三十一日である。

損

まずく行くときはしようがないものだとおもう。

私のうちは家族は私と娘とお手伝いさんと三人だが、ときどき臨時にふえてしまうことがある。みんなそれぞれの事情があるので、こちらも何かの御縁だとできるだけ都合をつけるのだが、世の中に「暫時《ざんじ》、行き場のない人」というものは案外たくさんあるもののようだ。たとえば、試験のために上京したいが、宿屋へ泊ってはかかりがやりきれないという人。あちらの下宿にいる友人が引越すので、そのあとへ入るつもりで、いまいる下宿を先月いっぱいと約束してしまったのに、友人はぐずぐずしているし、自分は追いたてられたし、という人。それから、両親や兄弟となんとなく気まずいから、ちょっと二、三日息ぬきさせてよ、という人。強引突然に、なんだかわけもわからず押しこんで来る人、いろいろである。どうせ仮《かり》のやどりだから、というほど心ひろくも家広くも財布大きくもないが、心易くしている中ならしかたもない。

そういう臨時増員になったのだが、それでうちじゅう女だらけになった。食事どきがおもしろい。めいめいが足なみが違う。ばかに早くたべてしまって、あっけらかんとしている人もあれば、いつまでも悠々《ゆうゆう》と急がない人もいて、主婦は骨が折れる。それよりいやなのは鉢盛《はちも》りにした〝おさい〟だった。豚カツだとか焼ざかなだとかは一人前ずつに盛るが、サラダやうま煮や、わさび漬《づけ》、らっきょう、お新香などは鉢に盛って、勝手に取るようにしておくほうが無理にならなくていいのである。するとと妙なもので、きまって遠慮のかたまりみたいな一ト箸《はし》が、鉢の底にしょぼんときたなく残るのである。時によると、なぜこれだけのほんの一口の分量を残さなくてはならないか、わからないほど少しばかりが、しかしちゃんと存在している。私は黙ってそれをたべた。でも、あまりたびたびそんな目にあったので、とうとうおこって「どういうわけでこれんぼっち残すのか」と言った。みんなが恐縮して、そのなかの農村出の、いちばん気さくな人が「かっ払ってたべるのいやだもの」と言った。最後をたべることを「かっ払い」とその土地では言うのだそうで、かっ払いは主婦にきまっていると言われて、私はぎゃふんとした。

そして翌日はみんなして、からから音させて底を払ってたべてくれた。しかし、たべすぎたと言って昼寝する人、胸わるがる人が出て、私はしょんぼり後悔だった。それで庭へ出てうろうろすると、蜜柑《みかん》箱や林檎《りんご》箱がじだらくに散らかっているのが眼《め》についた。それで又おこって、「家の裏というものは整頓《せいとん》しておくものだわ。あれでお風呂《ふろ》たいたらどう?」と言った。それから薪《まき》に割るわ、燃しつけるわのあげく、熱湯風呂ができた。しようがないから「あなたがた先へはいったら?」と言えば、どんどとうめて、ざあっと滝に溢《あふ》れさせて「いいお風呂でしたわ。ありがとうございました」

道路工事

そこは海べりの道路で、道幅はやっとトラックがかわるという寸法。いちばん悪い寸法かとおもう。かわせばかわるものだから、両方から来た車はたがいに小さい意地とめんどくさがりで、あぶない名人芸の運転で擦れ違ってほっとする。こういうきちきちいっぱいの悪い寸法というものは、いろいろな場所・場合に存在しているものだが、そこの道路もその一ツである。

その上そこは曲りくねっている道なので見通しがなく、それだから上りの車も下りの車も、狭くなる入口で譲って待ちあわせることもできないのだろう。そんないやな道である理由は、山が迫っていて岩鼻が突き出ているから、ちょっくらちょっとには手がつけられなかったのだという。けれども交通量は年々ふえる一方だし、道のこわれはひどい。なぜなら、凪《なぎ》の日は鏡のように平らな入江が、西風が吹くと意外な大波を立てて、道路の上へがぶっとかぶさる。その潮水の上をトラックがこねては、修理もむだだ。そこで岩を削り、直線の良い道にする工事がはじまっていた。

ここを私が通りかかったのは、雨降りあげくの晴天ときて、いつもより交通は多く、工事中のでこぼこ道に、車体の低い乗用車はおなかを泥んこにひたして行く。案の定、岩鼻を曲るとあちらからトラックが押して来ている。どうにもあぶないので後退すると、うしろにはもう三台も続いている。あちらからはトラック四台、乗用車二台が擦れ違って、行きしなに運転手がエチケットの片手をあげて待たせてごめんよ――という挨拶《あいさつ》をした。こちらは待ちかねたようにして車を出したが、車よりさきにオート三輪や自転車が二、三飛び出して行った。そして岩の鼻でとまらせられてしまった。あちらからの車が通り、こちらのが行くまでのほんの三分ほどの間だろう、高い岩の上から切り崩しを落したのである。道はふさがった。

気の早い連中が工事場の人たちと口喧嘩《くちげんか》をはじめた。うらうらした春の海と、切り裂かれた岩膚《いわはだ》と、さかさに折れた松の枝と、人夫さんの黒シャツである。手をとめて、ずらりと集って来た人夫さんたちは、落下させた岩々のとんがりの向うに、壁みたいに強く一枚に見えた。とんがりのこちら側の人は強がっていて、ばらばらな感じだった。「道路工事ってものはな、通行人にあぶない思いをさせていいっていうのかよ、おい！」「なんだと、あぶない思いだと？　誰のことを言うんだ。こっちはな、あの高いところで、崩れてくる岩石をさっきから小人数におさえさせてやってたんだぞ。あのトラックは急いでたからだ。それをよ、あいつを通しておいてておまえたちが来るまでの、短っけえ間《ま》に無事に落したが何が悪い！　おぼえとけ、これが工事ってもんだ」

傍観の運転手は言う。「喧嘩は人によれば勝てるけど、岩石には絶対負ける。岩石を動かしてる人間にさからっちゃ、自動車は負けますな」

とんがり岩はがががと海に落されていた。

頸

頸《くび》というのは頭と胴をつなぐ細いところだが、借金に対して弱いことをのぞけば、相当に頑丈《がんじょう》にできているとみえて、あまり故障を訴える人をきかない。けれども頸は老衰が早く現れるところである。だぶだぶふとって頸との堺《さかい》がなくなったのも、皺《しわ》に干《ひ》からびて脈管が浮き出たように痩せた頸も、ともにはっきり若くなさを語ってしまう。

女の、ことに女優さんの年齢をいうのなどは利口な会話ではないが、水谷八重子さんは舞台歴の長いことからいってもうそんなに若いわけはないのに、頸筋におとろえを見せていない人である。扮装《ふんそう》の、高島田の据《す》わったあたまと、重い縮緬《ちりめん》のきものを抜きえもんにきた肩とを見ていると、よくまあこの細い頸がしっかりとしているものだ、というういとしい気持にさせられる。よけいな肉を付けていず、必要な滑らかさだけには脂肪がたくわえてあると見受けられる。美しく若い頸である。きっと食養生だの運動だので、きびしく若さを整えていることだろうとおもう。

近々と見てさえいとおしく見える頸つきを、まして客席から舞台に遠く見ると、細い頸は際立《きわだ》って好もしく見える。細いということと、美しいということ、女ということとがいちどに眼に来るのである。そう思えばくびと名のつくところは、細いのがいいのかもしれない。手くび足くびも細いほうがやさしく見える。ただし、あぶないのとはちがう。あぶなげに美しいということもあるにはあるが、それはひとを安心させないで騒がしくする美しさで、まっとうなものではない。よくまあこの細い首が、というのはしっかりしなしなと強靱《きょうじん》だから、安心を裏づけにして感嘆することなのである。こうなると、若い、細い、強い、美しいとなる。

東京はいまいろんな花が咲きだしたところ、さくらはお天気さえよければ、あすあさって満開だろう。

花のくびはどれもきれいだ。梅、桃、杏《あんず》、ぼけ、椿《つばき》、木蓮《もくれん》などは猪首《いくび》に枝へついている。首の部分がほとんど無いといっていいのだが、それでいて花と枝とのつながりは安定している。猪首の強い安定である。猪首の花のかわいらしさは、子供っぽくしっかりしたかわいさである。さくらははっきり首がある。青く細長い花首だが、筋が強くて折れることはない。海棠《かいどう》は花も艶麗《えんれい》だが、花首のなまめかしさは類《たぐい》がない。雨の海棠の、花首をつたって花から落ちる雫《しずく》は、ほんとにうすくれないに見え、なんでこの木はこんなに紅があまっている木なのかとおもう。この木をぜひ一本買ってくれとせがんだが、高価で買ってもらえなかったのが十四、五歳のときである。

買えないと親がいうものをそれ以上はせがめず、かといって欲しさは欲しいし、あるお金持ちの裏庭の四ツ目垣《がき》の外からしみじみと満開のこの花を眺《なが》め「これを裏庭のこんなところへ植えておくんだなあ」と思ったのである。顔と首に魅せられたのである。

あらがね

久しぶりで会ったらまるで人が違うように、はきはきとおしゃべりでやり手になっていて驚いた、などということがある。もとは話しかけられてもろくに返辞もできず、万事にひっこみ思案だった人が、しばらく無沙汰《ぶさた》をしていたら、そのあいだにびっくりするように変った。性格が変化したのだろうかと疑うのである。変化することもあるだろうし、以前、表面に現われていたひっこみ思案がいまは内側に沈み、内側に潜んでいたやり手の面がこんどは表側へ迫《せ》り出して来ているということもあるだろう。つまり変化なら一ツものが染分けになるのだし、浮き沈みだとしたら、はじめから二ツのものがあるわけになる。

およその性質というのなら短いつきあいでもわかるけれど、変化か浮き沈みかとなると、も少し長い眼で見なければわからない。それに一人の人はたくさんの性質を持っているものだから、どの性質がその人のどの年齢のときには、どんなふうに主軸をなしていたか、どの性格が持って生れた〃あらがね〃のままでいるか、変化したか、それは余程よく見ないとわからない。

短くないつきあいというものは、こういう過程がひとりでによくわかるから、理解の行くところに深い愛情も生じ、愛情のあるところにはかならず許しが生れて、いい友だち同士で隔てなく行けるのだろう。むかしから強情っ張りが看板みたいなもので、友だちはおろか御主人までを閉口頓首《とんしゅ》させていたひとが、こどもさんをなくしたら急に角《かど》が取れてしまった、——というようなときには、長い友だちだとはっとして彼女の強情のうしろに事務遂行とか整理整頓とかを好む性質があり、その又うしろには優しさがあり、優しさと併行してだらしなさの性質があったことを悟り、それらは子供の死によって順序が狂い、または消滅したことに思いいたり、そこに新しく同情と友情を寄せるのである。さらになお何年かが過ぎてみて、強情がも一度よみがえって来ないときは、それは本人にとっても一同にとっても喜ぶべきことに相違ないにもかかわらず、深い哀愁をもって考えないわけには行かないのである。いやな性質が消滅してもそうなのだから、まして長いつきあいではじめからあったいやなものが、老いてますます激しくなるのを見ることはつらい。

えらく気の昂《たか》ぶりやすい、きついひとがいて「私は嫁を迎えたら天下一いい姑《しゅうとめ》になるのが念願です」と言っていたが、どうもそう行かず、とかくごたごたが聞えがちで蔭《かげ》ながら心配して、数えればもう十年あまりになる。息子さんはこのあいだ、少し薄くなった額をおさえて「どうも、いよいよ気がきつくて、このごろでは女房のほうが無気力にされちまってね」と言った。私はこの強さを三十年見てきたのだが、息子さんにそう聴いては哀《かな》しかった。あらがねのきつい性質が主軸では、女は不幸が多いとおもう。

断片

一人の人の、そのときどきの断片を集めてみると、自然とそこに浮彫りされているものを見る。

——あたしは服も着物も少ししか持っていないわ。でもその少しがみんな気に入ったもので、気に入らないものはまあないわね。だから着物に関してはいつも、どれを着ても満足感があって、しあわせだわ。エプロン一ツでも楽しく着ていてよ。今後も着るものをやたらとふやそうと思ってはいないし、それにね、もしただであげるからと言われても、好きでない模様のものだったら決して貰《もら》わないときめているの。ただだからといって、似あわないものを着るなんてことは、さもしくはないかしら？　そんなことはするもんじゃないと思うわ。

――あたしねえ、こんなに時間のゆとりがあるでしょ？　それにやっぱり少しは働いたほうがいいと思うの。……男って、うちの主人のようにからだの弱い人でも、しごととなると随分よく、つとめてやってるんですもの。主人のしごとというのは、自分の書斎で自分の研究を、自分のしたいようにしてやっていればいいのよ。熱の出るときなんか、自由にいくらでも休めるのに、それがいやに厳格なの。そういう崩れなさが保てるのね。私にはそれが足りないの、すぐ崩しちまうの。だから主人のバランスをとるために、働いてみようと思うの。生活には困らないけど、いっそ本気になるために、お金を取って洋裁するわ。看板はかけないけど。

――あのね、あのね。あたし、さんざんにおこられちゃったの。旦那《だんな》さんの稼《かせ》ぎもあり、家も自分の家へ住んでいられる人が、粋狂で低料金で服を縫うのはいいけど、うちのミシン一台は失業の夫を含めて家族一同のいのちにつながってるんですよ、どうしてくれますって言われたの。ね、あたし考えなくっちゃ。ああ、いやだ。思いだすとあの人の顔見えるわ。

――ずいぶん久しく御無沙汰いたしました。（略）こんなに長い看病の生活をしようとは、ほんとに思わないことでした。病む夫には試練でしたが、私もさまざまな経験をして、おかげで人生がいくらか豊かになったと思います。若いときの記憶などをたぐってみると、むかし何でもなくしていたことが、いまは大層それが傲慢《ごうまん》だったと恥じ入ります。（略）お伺いもしないでほんとに申しわけございませんが同封為替お送りいたします。もうお忘れかもしれませんが、これは×年前拝借したものです。主人の病状もやっと今度こそ快方へ向い、したがってこれがお返しできる嬉《うれ》しさを御推察くださいまし。（略）

世の中はいろいろである。この人のところへ金を借りに行った人がある。そしたら、じっとその申し出を聴いていて、「伺っていると、あなたは崩れ放題の貧乏をしておいでのようね。打切り線をおひきなさいな」と言って、少額をプレゼントしてくれたという。

春の雨

春は気候が定まらない。うらうらといいお天気もあれば、そのいいお天気に吹く風が冷たいのである。そうかと思うと湿気が多くて、家のなかより外のほうが暖かったりする。「とかく霞《かす》むが春のくせ」と長唄《ながうた》の文句にあるが、春のお天気はくせが多い。雨などもなかなかいちように「春雨じゃ、濡《ぬ》れて行こう」という柔かい降りかたばかりはしない。気象台から注意の出るような相当な吹き降りなどを見せる。だから春雨などで作文を書くということになると骨が折れて脳のほうがちょっとならず弱いことを覚らされてしまう。いったいに「きまりのもの」は、よほど腕がないと書けないとおもう。自分よりまえの、自分より心の深い人が言いつくしていて、もうそのあとに落ちこぼれは少い。

それに、そうした季節だの行事を雑誌に書くとなると、雑誌の発行は実際より一カ月も早いのだし、原稿締切はさらにそれよりまた早いのだから、その年の新しいことを見てから書こうというのでは間にあわない。みんな去年の材料である。つまりことしの花の風情《ふぜい》は、去年あるいはそれ以前に、この花の姿は書けると、胸のひきだしのなかにしまっておいたものであり、ことしの花はことしの間にあわなくても、やはり足まめに歩いて花の材料を取っておかなくてはならない。それなら、一年ずつ古い花を永久に書いてなくてはならない計算になるが、それだから、ことし集めた花は果していつまで新鮮ないのちを保てるか。ことしのうちにもう色褪《いろあ》せてしまうか、来年、再来年まで保つか、それで心配するのである。五つぐらい手帖《てちょう》に書きとめておいても、来年の花の足しになる材料は一つもないこともある。やむなく「ことしは散ってしまいました」といって書けないお断りをしたこともある。メモするときは、いい花だと思って喜んでいるのだが、翌年それを見ると、生気のあるものとないものとははっきり区別ができる。芭蕉《ばしょう》などという人の眼《め》は、きっと見た瞬間に、その生命が長く確かかどうか、取捨が適切に読めたのだろうと思う。

つめたい雨の降っている先日であった。私は女の子を連れて出かけた。その子は気の毒に、いろんなむずかしいいきさつがあって、へたばっていた。それで息ぬきに私がつきあったのだが、それでもその日は、よごれていない服を着て来た、それがいやに襟《えり》ぐり、背ぐりが大きく、曲線誇張カットだ。まじめな高校二年生は、顔だけ子供で、からだはグラマー仕立《じたて》で、足が白いソックスに運動グツで、年齢不明な人に見えた。この娘のためにこしらえた服でないことは明らかだった。心ばかりの買物などを持たせて別れるとき、「おばさま」と改めて洋傘《こうもり》の下で私を見る。「せめて垢《あか》がつかないのをと思って着て来たけど、こんな大人の服は首が寒かったし——すみません、へんな格好で」晩秋のような冷たい雨がしょぼしょぼと降っていた。なにか一年をしまっておけない気のすることしの春雨なので書いておく。

紋付

きのうきょう紋付の黒い羽織を着たおかあさんがたの姿を、学校のまわりにたくさん見る。入学式があるからだ。小学校の前で立って眺《なが》めていると、無関係のこちらまでうれしくなってしまう。子供もむろんかわいいけれど、おかあさんが実にいい。何と言ったら適当かわからないのだが、黒い羽織で学校の門をくぐるおかあさんは、デパートや劇場にいるときのおかあさんとは違う。黒い羽織が四月の明るい陽《ひ》、やわらかな気候をひきしめて、いかにも美しい。学校という学ぶ所へ、ひきしまって慎み深く、子の手を引いていって行くおかあさんの姿には見とれる。

私が子供のころは、紋付の着物なり羽織なりは言うにおよばず、何でも紋のついたものとなると、おわんにしろ提灯《ちょうちん》にしろ四布風呂敷《よのふろしき》にしろ、やたらと神経鋭敏にする習慣であった。そういう時代だったのである。いやしくも家紋のついているものを粗末に扱ってはならぬ、と言って叱《しか》られたものだ。おわんのはげちょろけたのなど、いかに定紋《じょうもん》つきだって使えやしないのにと思うけれど、それでもおばあさんなどはやかましかった。

山の手の上流の人たちやお金持はどうか知らないが、私の記憶によればそのころの私の近所の主婦たちは、紋付を固苦しく、また大いに高尚《こうしょう》なもの、憚《はばか》り多きものとして、あまり着ないようだった。それが大正を過ぎて昭和になると、みんながやたらと着るようになったとおもう。私なども紋付が平等化したおかげで二、三枚も羽織を着たろうか。そして娘の小学校入学のとき、人様なみに黒い羽織でついて行っちゃったことをおぼえているが、あのときはせつなかった。入学用にそれ一枚が、やっとの思いで一六倉庫入りをまぬかれていたのであった。四苦八苦な生活を経験すると、いろんなことにいやでも突き当たるが、着物という部門のなかの紋付という一項目にも、たん瘤《こぶ》の出るほど突き当たるものだと知った。これ一枚となれば銭湯へ行くのも、染抜き三ツ紋も白々と、恥ずかしい黒い羽織である。それもしまいには古着屋へ売った。

戦争は誰の紋付も焼いてしまった。紋付ばかりが焼けたのではなくて、みんな焼けたのだから着るものには困った。すると焼けなかった人が恵んでくれた。どういうものか貰《もら》ったものは紋付が多い。よその家の紋付を着るのははじめてだったが、いっそ気が変わってめずらしかった。源平藤橘《げんぺいとうきつ》、何でもよし、みな着ちまえば温いのである。けれども、ばかくさいのは自分のうちの紋付であった。あのころは荷物はすべて自分の肩でしょって歩くのが流行で、そのため定紋を染めた大風呂敷が一枚、焼失をのがれ、これを何かに利用しようとしたが、三尺四方もあるでかい紋ではどこへ使っても滑稽《こっけい》で、とてもまともなものにはならなかった。

他人様《ひとさま》の紋付では重宝させていただいたが、自分のうちの紋が役に立たないとは皮肉である。でも、紋付はデザインとしておもしろいので、私は変わり紋をつかっている。

皇居前

皇居前の広場を、きのうもきょうも所用の道順で通ったのだが、いつもよりもずっと人出が多かった。御結婚を控えているので、人の心も足もここへ惹《ひ》かれるのだろう。もちろん毎年の例で、春は上京観光のお客様たちがバスを連ねるのだが、この四月に入ってからは奉祝の飾りつけや、テレビ中継の足場などできて活気が溢《あふ》れているので、東京の人もなんとなく動かされている。

ここの広場は美しいとおもう。戦後はアベックと白鳥が話の種になっているが、戦前からある松・柳・芝生・たんぽぽ、それから敷きつめた玉砂利・街灯などが、いまも前と変っていない。白鳥は冬のうちは白い羽が薄ぎたなくて、少しあわれげだったが、きのうなど大きくまっ白で、ゆるやかに水をわけて行く姿に、申し分ない「春」があった。花の頸、人の頸《くび》も美しい造型だが、この鳥の頸はまたなんと取りわけ優雅なのか。うしろに高い石垣《いしがき》と青い松をしょって、雨後の水量豊富なお濠《ほり》にこの白く細長い頸が、三ツ四ツと等間隔・同速度でつうつうと進んでいたが、見なれている眼にも鮮やかであった。いつだったか、お濠の水へ何かの油が流れこんで、白鳥がべとべとのまっ黒けになって、子供白鳥までがかわいそうに、みじめったらしいぼろっ鳥になってしまったことがあったが、きっとあれは脱けかわったのだろう。本来は白いものがよごれたのは、はじめからよごれ色のものと違ってみじめである。

松はいつからここへ植えられているのか、調べればわかることだが、私たちはむかしからあるものと思っていて、実は知らないのである。太い木もあるけれども驚くほどのものはないから、さほど古いわけがないけれど、宮城の前は広くて松があるときめていて、ことさらに考えたことなどない。とにかく、たとえどんなにアベック繁昌《はんじょう》でも、そのアベックが松をよりどころとする以上は、この広場は松が主役と言える。もうそろそろ緑が伸びる季節で、黒いように青い針の葉である。たんぽぽはまだ咲いていない。専門家でないものには、ただ芝のあいだに群れて黄いろいとしか見えないが、種類は幾通りもあるとか聞く。もしかりに、たんぽぽの代りに桜草でもおだまきでもが咲くと考えると、やはりたんぽぽのほうがいいと思う。ここに白い花はあまり極《きま》りすぎるし、とき色や紫は品《しな》が落ちるし、黄色は持って来いの色で、その上たんぽぽは値のない花なのが嬉《うれ》しい。

柳はいま、やわらかさの限り。この木のいちばんいいところを見せている。色もやわらかいし、糸もやわらかいし、蛙《かえる》でなくても飛びついてちょいと引っ張ってみたい青である。私はずっと以前、ここの柳の下でつかまえたすっぽんの子を飼っていたことがある。亀《かめ》の子でなくすっぽんだったたから、竜宮《りゅうぐう》の夢は見せてくれなかったが、きょう見た濠の水底にもたぶん、金覆輪《きんぷくりん》の眼をしたあれの眷属《けんぞく》がいると思うとほほえましかった。

美智子様へ

正田美智子様

御結婚をあすに控えてのこよいを、どんなにしてお過しでしょうか。私ども主婦たちは、何かとあなた様の御心中をお噂《うわさ》申しあげておりますが、なんとしても皇太子という特別な方の奥様におなりになるのです。私どもにはとてもあなたのお身辺のことは想像もできないのでございます。けれども、私たちは自分自身も結婚し、又すでに子供たちの結婚を経験したものもあり、これから娘、息子の結婚を迎えようともする女たちなのでございます。結婚の前夜、嫁入らせる前夜というものを知っております。たったそれだけの一点から、しかしやはりあなたのご心中を想《おも》って、そして想ったあげくはちょうど耳の遠い老婆《ろうば》がくだくだと自分の思うことを押しつけがましくしゃべる、あれと同じようにやりたくなるのでございます。

美智子様

私どもはあなたが平民のお嬢さまから、皇太子の奥様におなりになるのを、喜んでいるのでございます。なぜなら、私どもは欲ばりでして、二ツのことが両方とも上出来ですと、いちばん嬉しいのです。片方だけではもの足りない、一ツだけじゃつまらないという、欲ばり根性を持っております。咎《とが》めないでくださいまし。眼をあげて仰ぐ空の青さと同時に、気易《きやす》く歩いていられる土の黒さ固さと、この両方をほしがる欲ばり屋なのです。私どもはあなたの平民をプラスと考えておりますが、宮中へおはいりになればマイナス勘定かとも存じます。普通の結婚でさえ生家の習慣はしばしばマイナス勘定になりがちなものを、まして宮中というところに平民のマイナス面はやむを得ないでしょうし、それはよくよく御決心のことと、私どもはそこをしのびあげているのでございます。選まれたるもののこらえどころとあえて申上げます。

美智子様

あなたは裕福なお宅のお育ちなのに、食物の分量をよく御存じで、お友だち同士でサンドウィッチをつくるとき、ブタは四分の一、ハムは股《もも》ハムでなく寄せハムを、サラダ菜も入用だけしかお買いにならなかったと聞きました。心強いことを伺ったとおもいます。新しい御所にはお台所もおありのよし、もしそこで皇太子とお二人分のあじの塩焼、うずら豆の煮豆などなさって召しあがるなら、私たちどんなにうれしいか。もとより、どんなにりっぱなお献立も宮中には必要でしょうし、それでいいと存じますが、私ども大勢がおいしいと思っている塩焼のあじの熱いのなどは、あるいはあなたのお手をわずらわせたら、皇太子から宮中へも通じるかと、勝手に心はずませてそんなことを思うのでございます。あじも煮豆も、りっぱなお膳部《ぜんぶ》も、両方ずらりとあがっていただきたいのが私どもの本心でございます。私たちは欲ばりでございますが、平民の妃殿下の御心中をいささか拝察申しあげ、今宵《こよい》ものを思うのでございます。

よき御出発

きょうはおめでたいことだった。

皇太子さまはよい御結婚をなさったとおもう。正直に言うと、皇太子の御結婚がこんなように爽《さわ》やかに行くとは思っていなかったと言う人は多いのである。なんといっても雲の上のことで、どうせこちらにはあまり関係はないというように思っていたのである。それがいまは多くの人が「よかった」と言っている。御結婚に心を寄せたのである。よかったという気持があってはじめて、口に出る「おめでとうございます」がお座なりでないものになるのだ。

美智子さんを得られたことによって、皇太子は自分の株もあげられて、一挙両得、一石二鳥だのなんだのと、おかやきを言われておいでだけれど、これだけ多くの人がよかったとお喜び申しあげているからには、たしかに男前をあげられたのである。株のあがるような御結婚をなさってほんとにおめでたい。

天皇陛下のお若かったころのことを思いだすのだが、陛下はなかなか人気がおありだった。悪口を言うようになるが、陛下はお若いときから少し猫背《ねこぜ》だった。それが少し女の子たちにとって残念だったが、眉《まゆ》が太くて、たしか縁《ふち》なしだったとおもうが、その眼鏡が小粋《こいき》で、頰《ほお》がしまって、美男子でいらした。お通りのとき送迎に学校の門前などへ並ばせられる女学生のうちには先頭の警護のおまわりさんが来ると、もうすぐ気持がたかぶると見えて、やたらと赤くなって恥かしがる人がいた。おもかげが陛下に似ているというので、親たちの反対も押し切っていっしょになると言い張り、もちろん学校もよしてしまったという、当時おもしろがられた話題もあるし、なかなかの人気がおありだった。

それにもかかわらず、東宮妃ということになったとき、私たちのような一人前にも数えられない女学生どもでさえ、重苦しく憂鬱《ゆううつ》な雰囲気《ふんいき》を感じさせられたのであった。久邇宮《くにのみや》家は眼の性《しょう》がよくないからというので問題になったのだが、なにせ当時は「恐れ多い」いってんばりの秘密主義でやるし、そういう秘密はまたえらくおごそかみたいにして洩《も》れてくるし、あのとき陛下は御損をなさった、と思う。人気の下地は十分にお持ちになっていたのに、御結婚にぱっと湧《わ》きあがる活気はお持ちになれなかったのである。なんとなく人々のあいだには、すっきりひと筋に「おめでとうございます」と喜びきれないものがあるのに、やはり「おめでとうございます」と言った。そんななかを御結婚になった良子《ながこ》女王のことを考えると、ほんとに世の中が変ったと知るし、人のまわり合わせというものを思わされる。たしかにきょうの御結婚は、御両親陛下のときより、ざっくりとして明るい。うれしいことである。気がねなく御祝いを申しあげられるのは、こちらとしてもありがたいのである。

ただ、御結婚生活は長いのである。きょうはじまりの第一日である。めでたいは一日だけではならぬ。末長く末ひろがりでこそめでたいのだから、それは皇太子さま御夫妻も私たちも忘れてはいけないとおもう。

お行列

きのうの雨はきょう（四月十日）名残なく晴れて、風が少しあって、初夏のようなさわやかさである。宮中から東宮御所へのお道筋にあたるテレビ中継所で、私は早くからお通りを待っていた。刻々にそのへん一帯の人波がふえて、十二時、その付近だけで三万、それが続々と報告が入って一時すぎには四万九千でぎっしり。戦後は陛下のお通りにも昔のようなしゃちこばったものはなくなごやかだが、きょうの沿道はまた格別で、親愛をあらわした笑顔がつながっている。畏《かしこ》まって凝固している群衆ではなくて、喜んで笑っている生命《いのち》ある群衆だった。時間が近づいていっさいの交通がとまり、太陽もまたじいっとしていた。風が動いて行き、人の心がさざめいており、お行列を待ちどおしがっていた。

かっかっと一騎が通って行った。近いな、と首をねじむける。と、どよめきが伝わってきた、まだ何も見えない。早くいらしていただきたかった。見たいと思った。うわあんというように、ぐるりが「ばんざい」をいった。あちらのほうにやっと、ぱらぱらと先頭が見えた。皇太子旗だろうか、ひらひらする。

皇太子さまは嬉《うれ》しそうなお顔をこちら側へ向けて、手をおふりになった。ばんざい、ばんざい。妃殿下は、ああ、なんと初々《ういうい》しい。初々しくほほえんで、こころもち上体を折って又あげてお通りになった。かっかっ、からころ、と蹄《ひづめ》の音と轍《わだち》の音とが、静寂のなかを行くもののようにはっきりとして、うわんうわんという歓呼がお送りした。群衆は、行列のしんがりが行ってしまっても、誰も起《た》たなかった。私に残った印象は、皇太子さまが晴々としていらしたことと、カフスが「白かった」ということ。妃殿下の初々しさと顔の美しさ。かっかっ。からころと。

御幸福を祈りあげるのである。——沿道はようやく人が散じて、電車道に撒《ま》いた砂が寄せられていた。気がつけば、まだそこに残って働きつづけているテレビの人たちは、美智子さんと言ったり、妃殿下と言ったり、正田さんといったり、きっと気にしないでいっているのだ。めいめいの呼びいいような呼びかたが、ひょいひょいと口に出てくるのだ。私は、人々に美智子さんと呼ばれるような親しい妃殿下があったろうか、と考える。そういう私も、美智子さんと言うのがいまはいちばんぴったりだとおもう。

けさ、宮中からのお迎えの車に乗られるまえ、生みのちちははへお別れの挨拶《あいさつ》のとき、溢《あふ》れそうになる感情をこらえていらっしたのをカメラは写しているが、こうして御結婚のパレードも済んでうちへ帰ってみると、そのことがやはり胸に来るのである。美智子さんにとってこのところずっと、どんなにかどっさり感情の試練があったろうし、そしてきょうはまた早朝からいかにもたくさんなことがつぎつぎと押し詰ったなかにも、御両親へのお別れはおつらかったろうとおもう。でも、きょうからは背の君がいらっしゃる。末長く仲よくいらしていただきたいのである。

刺子

朝の食事をしていると、あの特徴のある唸《うな》りで消防自動車がこの細い路地へはいって来た。火事らしいけれどいやにひっそりしている、と思う間にもう二台も三台も乗り入れて来て、あとまだ遠くから駈《か》けつけて来るのだろう、あちこちからサイレンの唸りが寄って来る。しかたがないから、自分のうちのガス栓《せん》を締め、風呂《ふろ》に水があるかどうかなど言いつけておいて、出て見る。

細い路地だもので集った赤い自動車ははいりきれなくて、大通りにかたまっているし、消防手さんが刺子《さしこ》に手を通しながら走って行く。けれども火事は見えない。お隣では御主人が二階の屋根に乗っているから、訊《き》いたら、やはり見えないという。そのうち、「べらぼうな焚火《たきび》なんぞして人騒がせな！」とおこって戻って来る人がいた。火事に紛《まが》う焚火は、思わない赤自動車の来訪で、きっと眼《め》から火の出るほど叱《しか》られたろうが、こちらはほんものの火事でなくて大しあわせだった。消防が火事に挑《いど》むのは勇ましいが、その勇姿にあこがれて放火をしたなどいう話もある。どうも困る話だが、異常の出来事に立ちむかう人を見ると、つられて興奮をする気持は誰にもある。げんに私も、刺子に手を通しながら走って行く消防手さんに——そう簡単に惚《ほ》れはしないけれど、ははあ！　と心も眼もとまらせた。古くなった白っ剝《ぱ》けた刺子を着ながら火事へ急ぐ人は、鋭敏と緊張で男らしい。だいたい刺子という装束がいかすきものなのである。むかし吉原《よしわら》の名の通ったおいらん衆は、簞笥《たんす》の底に刺子の火事装束を用意していたというが、このきものは木綿を何枚か重ねて、一ト針ぬきに丈夫な木綿糸で刺してつくる。厚くてごわごわ固くて重いものだが、これが火事となると実際の役にも立つし、恰好《かっこう》よく颯爽《さっそう》としているのである。

娘のころ、近所に頭《かしら》のうちがあって、火事の翌日にはきっと庭に刺子が干してあったが、おかみさんの話によると、ぐっしょり濡《ぬ》れとおった刺子の火事装束なんてものはとても重くて、それを着て火消し活動ができるというのは、「ふだんから骨よ。組の頑丈《がんじょう》な男が火事だというんでばか力を出すから、はじめてできることなんです齢《とし》をとっちゃできないことですけど、そんときには、杖《つえ》をついても刺子へ水を
ぶっかけてもらうって言うんですよ。ばかですよ、うちの亭主は！」ということだ
った。そんなこと言うけど、仲がいいので評判だった。
紙は燃えやすい。布もそうだ。だが何枚も重なっていると、意外に燃しにくい。
藁《わら》もよく燃えるが、藁も布も重ねて縫うと火の力に抵抗する。刺したものへ水を浸《し》
ませればなお耐える。刺子は考えさせる衣裳《いしょう》である。一ト針一ト針刺してつくるの
だから一種の「継ぎだらけの衣服」とも「刺繡服《ししゅう》」ともいえ、火を防ぐ「遮断着《しゃだん》」
とも「救命着」とも言える。

ぬかみそ

ひとにものをいいかけられて、即座にはっきりした返事ができなかったことはたくさんあるのに、そのうち後々まで心に残るのと、しばらくすると忘れてしまうのとがある。忘れてしまうのが必ずしも軽いことかというとそうでもない。むしろ重いことを忘れてしまうようだ。重過ぎればへたへたとつぶれてしまうか、とても駄《だ》目《め》だ、と投げ出してしまう。つぶれるとわかっていることにいつまでも拘《かか》わっているわけには行かないし、投げ出すというのも関係がなくなることだし、要するに分不相応な事柄《ことがら》はやはり縁が結ばらないのだろうか。

そのときすぐ返事ができないが、忘れられない質問というのは、あとで何とか考えれば返事ができるかもしれないという余地が残されているときである。たとえば、ぬかみそのことである。私は自分が若いときにされた、家庭教育のことなどを書きちらしたが、そのせいかときどき家事の先生と間違えられて、意外な質問をうける。PTAの会で「主婦と職業を両立させたい場合、家事雑用をいかにして、短時間、軽労力でなしうるか」というような問いがあって、はなはだ自信はないけれどせめて自分の経験などを答えた。

するとと質問がだんだん実際的なひとつひとつの事柄にふれてきたし、しまいに本題から放れてややこしくなり、とうとう「私のうちは姑《しゅうとめ》をも含めて一家みなが、ぬかみそ漬《づけ》のお新香が大好きなのだが、結婚適齢期の娘は食べることが好きなくせに、漬けたり出したりするのは大きらい。それでも命令すればぬかみそ桶《おけ》へ手は入れるが、おつとめに行くのにこの臭気のついた手はなさけない」といってなげく。その故《ゆえ》に時には横着をして、菜箸《さいばし》で引きずり出すから、そのあと桶のなかは乱暴狼《ろう》藉《ぜき》である。こういうやりてんぼうは、とかく一事が万事になりがちだと思うから、親としてはたしなめるが、一方では自分の若い日にも覚えがある。香水さえも匂《にお》わせたいであろう若い手へぬかみそ臭はあわれだ。どうにかいい方法はありませんかねえ。ゴム手袋もある。菜箸やおしゃもじ、水ばさみなどを、臨機にみなさん御使用のことはよくきいている。けれどもみんな一時的に役に立てるだけで、あと仕末や漬けるときには適当でないのだ。この質問が私には、かっくんときていて忘れられず、申しわけなく心責められている。ゴムのおしゃもじも使ってみたし、お風呂をかきまわす撞木《しゅもく》のような形のものはどうかと考えたり、しかし手より具合のいいものはない。手は先に水で濡らしておくといくらかましだし、あとすぐ流れ水で（桶などへ取った流れない水でなく、水道の出し放しのような）洗うと早くくさみがぬける。化粧品はだめ。薬品となると手よりも、ぬかみそのものの匂いをなくす方へ考えが行く。食欲と女ごころのあいだで私の鉛筆はまごまごしているが、こういう質問は忘れられない。

とうふ

きのう「ぬかみそのことを話しかけられて返辞ができなかったのを、いまなお返辞のできぬままに心に残っている、申しわけなく思っている」ということを書いたら、なんだか心の底の沈澱物《ちんでんぶつ》をわやわやと搔《か》き立てたようになってしまった。長く思っていて果たしたこと、果たさなかったこと、果たしはしたが結果がよくなかったこと、よかったこと、――しきりにいろんなことを思いだしてわびしかった。けれども、夜がふけるにつれて、元気が出てきて、これからでも遅くはないから、心にたまっていることは一つでもいい、一日も早く果たしたほうが賢明だと思った。大きなお豆腐を、お豆腐屋さんの庖丁《ほうちょう》でとんとんと威勢よく、自由に切ってみたいものだ、と思って何年になるだろう。

三十四、五歳だった。雪が厚く積って、まだまだ盛んに降っている夕がた、友人を訪ねた。下戸でもさしずめ湯豆腐といいたいところだと冗談を言うと、友だちは困ったように笑った。「よしてよ、お豆腐と言われるとぎょっとするわ」前日とか前々日とか、数え六歳のそこの坊やちゃんが、お隣の同年の腕白さんといたずらをしたのだという。そのころお豆腐屋さんは天秤《てんびん》で荷を担《かつ》いで売りに出ていて呼ばれると道のかたえに荷を置いて、盤台の蓋《ふた》を裏返して俎《まないた》がわりに、例の庖丁で註文のように切ってくれたものだった。

いたずらはほんのちょっとの間に行われた。註文に切った豆腐をどこかその近所のうちの台所へ届けている、そのほんのわずかのひまに、いたずら坊主《ぼうず》二人はお豆腐を切る快感を盗んだ。かねて何度も往来でとんとんと調子よく切るありさまは見て知っていたし、特殊にぴかぴか光る大庖丁と、柔かく白く四角い豆腐とにこらえられない興味をそそられており、いつかやってみることができたらという望みがあったという。お豆腐屋さんは見ると子供が二人いて、おや？ というもおろか、さんざんな体たらくだから、おこったはあたりまえだ。蓋の上はやっこ、さいの目、盤台のなかはめちゃめちゃである。

「お豆腐屋さんの形相といったらないのよ。青くなっておこってるの。想像して頂《ちょう》戴《だい》、めった切りというものなのよ！」——友だちはぎゅうというほど絞りあげられ、そのものすごい乱切豆腐を全部いただかせられ、豆腐の角へ頭をぶっけて眼を回すのはほんとうにあることだとしょげていた。食物をもてあそんだということは、なんとしても母親に深い反省をさせないわけはない。幸に子も両親も豆腐の柔かさを稜角《かど》にした。

笑ったけれどこれもとうに忘れ去っていた自分の子供心を思い起させられた。事がらはむろん悪い、だが、白く柔かく四角く冷たいお豆腐は、子供に魅力的である。豆腐の魅力が子供に乱暴をさせたのである。私はそこに衝《つ》かれる。なぜなら、私も子供のとき自由にお豆腐を切ってみたかったのだから。

とうふ（＊）

お豆腐屋さんの眼を竊《ぬす》んでお豆腐を切ってしまった坊やのことを、私は笑ったけれど、そういうように笑うのは、幼い日に自分もたしかに豆腐切りのあこがれをもっていたからである。手をくだした坊やばかりが何か言われていて、おとなの私が知らん顔で笑っていたとは、あとになって気になってたまらなかった。お豆腐屋さんの眼を竊むだけに知慧《ちえ》がまわらなかったから、豆腐切りの悪名をまぬかれたのであって、この坊やは私よりはしこい知慧をもっていたし、私よりもより余計に豆腐の魅力に惹《ひ》かれた、というだけの違いなのである。

けれどもしばらくたつうちに、その気の咎《とが》めもだんだんに薄れて、いつどうして変ったのか、あの特殊な庖丁で大きなお豆腐を、とんとんと音たてて切ってみたいというように思い、また、お豆腐屋さんへ行って豆から豆腐までをちゃんと見て、その上で頼んで切らせてもらいたいというようなことを、心の隈《くま》に置きはじめた。時がたった。戦争が来た。戦争中は豆の配給に困惑しつつ、豆腐になおざりであったことをたびたび後悔した。

そうは思うが、さて終戦になって自分の生活も一応おちつくと、自分の勝手な思いだけでお豆腐屋さんへ押しかけることはためらわれた。顔見知りのなかから迷惑に思っても断りきれないということもあるのだ。対手《あいて》の立場を思いやると、単なる物好きだけのことで「押しの手」を遣《つか》うわけには行かなくなる。そしてまた時は過ぎた。そのあいだには数えきれないほど何度も、うちの小さい俎《まないた》で威勢わるくことりことりと、白い長方形を賽《さい》の目にやっこにと切ったけれど、――このごろではもうあの雪の日に聴いた話もたまにしか思わず、ときに思って妙に気のおさまらなくなることもある。あれを仕残している、という済まなさである。そんなとき体力気力から割りだして年齢に思いおよぼすと、なんとも言えないいやな気がする。

雀の手帖の毎日のうちで、ふとここへ触れてきたことをばねにしたのである。たまたまお豆腐屋さんと懇意な知人がいて、それなら迷惑のない割切った話をつけてあげようと言う。その道の専門語である割箱《わりばこ》一杯のお豆腐をあがなう約束で、私は見学に出かけた。「夜なかの三時から起きて働くのが豆腐屋ですけどね、ごしろうとさんの見物だから、しまい釜《がま》の六時がいいでしょう」と言われた。

製造の過程は省く。しまい釜といわれたけれど早く行ったので、豆ひきから出来上りまでを二度見せてもらった。あまりにものを知らないので、一度ではおぼつかなかったからだ。それで、待望のあのとんとんなのだが、からきし音が立たなかったのである。庖丁が思いのほかに重いのと、眼鏡を忘れた老眼に豆腐はいささか白すぎて、はしはしとは手は動かなかった。

吹き晴れたような感じと名残惜しさとがあって、私はあがなったお豆腐をあちこちへ配り、自分もうんとこさたべた。

豆

なんだ、たろはち、豆腐は豆じゃ、あやめ団子は米のこな——という唄《うた》を私は小さいとき教えてもらったが、言うまでもなく豆腐の原料は大豆である。あやめ団子は「さきを四ツ叉《また》に裂いた竹の一ツ一ツに、小さい団子四個ずつをさしたもの。その形が菖蒲《しょうぶ》の花に似る」と辞書にあるが、私はたべたことはない。はじめの文句の「なんだ、たろはち」もわからない。何のことかという「何だ」か、お釈迦《しゃか》さまのお弟子の名のことか、たろはちも人名かほかのことか、まるで知らない。豆腐は豆で団子は米の粉と、口調のよさでだけおぼえたのである。

雑穀屋さんへ行った。もとは種《たね》ものも扱った家である。ざっと勘定して十四、五種の豆の樽《たる》がならんでいた。すぐ眼《め》に来たことは、豆は光る豆と光らない豆の二種類があるのだなという、わかりかたであった。あずき、うずら、いんげん、黒豆は光っていて、えんどうは皺《しわ》だらけ、そら豆はしかめ面《つら》、大豆は実直堅固に見えた。

大豆を五合くださいと言うと「品がらはどんなところをあげましょう。ここに出ているのは地大豆のなかで一等と、岩手の秋田なかでですが、どちらにしましょう」と来た。岩手の秋田だなんて言われてもちんぷんかんぷんだが、わざわざ種もの屋さんをしている商店を選んだのは、ここが覘《ねら》いだったのだから嬉《うれ》しいのである。御迷惑ですが教えてくださいい、ときりだせるからだ。

そこで地大豆と呼ばれているのは、群馬県沼田産をさしており、なかでは早生《わせ》と晩生《おくて》の中間にみのるもののことであり、それぞれ品質には等級がつけられている。岩手の秋田とは、その豆がもと秋田県から産出されていた種類で、いまそれを岩手県でも栽培出荷するので、岩手の秋田大豆と呼ぶという。

あまり私が無智《むち》なので主人は笑いながら「大豆というのは枝豆ですよ。夏、莢《さや》のまま茹《ゆ》でてたべるあれですよ」と言ってくれた。まさかそれは知っていたが、それほどの親切を豆五合が決してあがなえるものではない。好意である。ものを知っている人が惜しまず親切に教えてくれるときの嬉しさというものは、肉親と師とがいっしょになったような温かさを感じて、もし自分も人に訊《き》かれたときは能《あた》う限りのことをしようと思う。当面のそのこととともに、人間の善性を育てられる感がある。

去年とおとどしの豆の作柄《さくがら》と相場の比較や、戦前戦後の輸入大豆のことも話してくれた。戦後はアメリカ豆が入っていて「これはイリノイ産で八十キロ一ト包になってます。品質は感心しませんけど廉《やす》いんです。お豆腐屋さんで使いますけど味は落ちましょう。しかしそこが商売ですし、腕でしょうから、混合の割合を苦労しておいしくつくるんです」――イリノイのお百姓さんは豆腐を知らないだろうし、私たちはイリノイの豆畑風景は知らない。よそ土地から来た人を旅人という。魚や野菜もそうで、遠く送られてきたものを旅ものという。はるかに海を越えて来た旅の大豆は小粒であった。

豆

（＊）

うずら豆はだいたい蔓《つる》のあるものが値が高い。蔓なしのものより栽培に人手がかかりもするし、品質もいいのかとおもう。北海道の豆は有名だが、ここにもうずらが何種かならんでおり、紅しぼりという臙脂《えんじ》と白の斑《ふ》のあるきれいなのを求めた。「こうして御商売をしていらして、何の豆がいちばん出ますか」「家庭で使う豆のことですか」「ええ」「まあ、うずらでしょうね。でも、うちで豆を煮ることは、このごろじゃ殆《ほとん》どしないんですよ。みんな煮てあるものを買うようになったんですね。衛食生活も嗜好《しこう》も変わってきたことが、豆を通して見るだけでもよくわかります。衛生の面もやかましく言われるから煮豆屋さんの台所もむかしのようにきたなくはなくなったし、だいいち台所なんて言わない。加工場ですよ。なんせ、あんこまで漉《こ》し餡《あん》もつぶし餡もデパートで売っている世の中になったのです。豆腐も若い人には向かなくなってきたと言われてますし、長い時間かけて豆を煮る人はいなくなりました。私が豆屋だからいうんじゃないけど、豆をふっくり煮てくれる女はいなくなったと言っていいでしょうね」

もとから、東京の女は乾物を扱うのは上手でないと言われている。気短かで、がさつだからという。東京にある関西一流の割烹《かっぽう》店で、ときに豆を出されることがあるが、そのおいしさはまさに「ふっくりした味」である。ふっくりと豆を煮てくれる女はいなくなったと言われると、たしかにそうで、私の身辺にも茹で豆を食卓にのぼせるひとはいても、自家製煮豆をこしらえるひとは少ない。

なんとかの一ツ覚えということがある。私も煮豆をなんどりと煮ることができない組で「文子の煮豆は気をつけてたべないと、伏兵がひそめてある。うっかりしていると歯が折れそうな、石のごとき豆がまざっている」と言われた。そしてたった一ツおぼえたのは「豆を煮るにはそっと大事に煮る。いじってはいけない」ということだった。

買って来た北海道の紅しぼりという豆はあまりに艶麗《えんれい》である。よく煮たかった。

だのに、ああそれなのにである。見るかげもなく、きたなく煮えてしまった。それで、煮豆屋さんへ行って訊いて来てもらいたいと、心利《こころき》いた老手伝さんを出した。「それが、行ってみますとお店がへんなふうにがらんとしてまして、奥でおかみさんが折本の内職しとりますんで、——」黒枠《くろわく》の写真が飾られていて、十日ほどまえ主人は脳溢血《のういっけつ》だったという。「煮たり売ったりの一人働きは無理だそうで、もう店はよすそうですが、でも豆の煮かたはようく教えてくれました。肝腎《かんじん》なことは、いじっちゃいけないことで、——」と事細かに報告してくれた。私は聴いていても、煮豆をやめて折本内職をするひとのことばかり考えていたし、話している老女もたぶん同じ思いだろう。信州では不幸のとき黒豆のおこわをたく。黒豆も光っている豆だ、と思う。

習　字

広告は時代を語るものである。私の若い頃《ころ》にはお習字のことはかなりな幅をもって言われていて、新聞や雑誌に「能筆は一生の得」というキャッチフレーズで、お手本の広告がでていた。たしかそこの会員になって清書を送ると、朱をいれて返送してくれる仕組になっていたと記憶する。

いまも毛筆はほとんど使わなくなって、すべてペンでいいのである。けれども書の雑誌は毎月でているし、お習字の先生もあるし、美しい毛筆の字を書きたいとねがう人もたくさんいる。でも「能筆は一生の得」などという文句は、もうどこにも見られない。見られなくなってしあわせである。それだけ広告文のセンスが洗われたのだとおもう。一生の得、というのはなんだかうすぎたない感じがして、私は気に入らなかった。悪筆がいろんな場合に楽しからざることはたしかなのだから、能筆は一生の得といっても別に悪いことはないけれど、私はきらいだった。なぜそんなに神経をたてなければいられなかったかというと、自分が下手くそだからである。いまでもその広告の文字の、肉太ででくっとした形をおぼえているが、それほどその文句も文字もきらいだった。こういうのは劣等感による抵抗だとおもう。それだからあんなに強くきらいつつも、はっきり覚えているのだろう。だいたい生れつき筆の筋のいい人もあり、悪いたちもある。生れつきのいいのは勉強するといよいようまくなるし、はたでもほめるし、さらに勇気づいてもっと勉強する。生れつきの悪いのは習うより先に、自分が不得手なことを承知していて、すでにひるんでいる。楽しくない勉強を我慢してするのだが、苦労の甲斐《かい》は早く現れてくれない。哀《かな》しいと思っているところへ「おまえの不器用には呆《あき》れた」とか「これでものになるかしら」などとやられる、元気はもてなくなる。「筋が悪いばかりでなくて、怠けものだ」とくるから「どうせそうでしょうよ」となる。終りだ。なかには筋が悪くてもそこで一回の終りにならず、曲りなりにも形にするまで漕《こ》ぎつけるものもいるけれど、そういう子はめったにない意志強固なる鈍感人であり、心せまからぬガチ勉人といえる。私は心せまき一回の終り組に属した。

悪貨は良貨を駆逐するが、良貨が悪貨をよくするということはないそうである。生れつき筆の操作の優秀ならざるものは、お習字をしてかえって劣等を確実にしてしまう、とはやりきれないことである。でもそのころは学生でさえ、まだみんなが万年筆をもってはいない時代だったから、毛筆が書けないことは不自由で、いろいろさしつかえた。私はたちまち一回の終りで投げだしたが、親たちの身になると「さりとて捨ててもおけず」というところか、その後も何度か習字をすすめてくれた。私はありがたく迷惑して、二回三回の終りを味わった。字を書かせられそうになって、進退きわまってしまう人たちを時折見るが、私はその心中をよくよく知っているのである。

習字（＊）

大人も能筆でないことを恥しがるが、子供でも人前で字を書かされれば、はにかむのである。おかっぱの無邪気なのが、へこたれて笑っていたりすると、自分の子でなくても身につまされる。私は小さいとき、夏休みに海岸へ連れて行ってもらったが、父に葉書を書くようにと母が命令した。葉書の日課があると思うとすごくいやで、いっそ海なんか思いきってやめちまおうと思うくらいだった。様という字の辛《つら》さ！

子供心にも、つくりがいつもぶらさがるので見苦しいのだから、木《き》扁《へん》を長く書けばよかろうと一心になって長くひいてバランスを取ろうとするのだが、扁が長ければどういうものかつくりも同様に伸びて、やはりぶらさがりになる。それをおずおずと母の前にさらして点検を受ける情けなさは、あだやおろそかなものではなかった。そんな記憶があれば、子供の書きなやんでへこたれているのなど見ていられるものではない。

世の中には自分が学歴がないから子供には是非と言って、苦しいやりくりで学校を卒業させる人がかなりいる。けれども習字となると違う。「あたしの悪筆の血を受けたんだからしかたがない。そんなに苦労しなくても、いいよ」ということになるのだから、感情はふしぎだ。私の両親もあまり上手な字は書かないから、きっと私の悪筆に甘くなったのだとおもう。男親は二度も三度もお手本などの世話を焼いてくれたくせに、しいてとは言わず、「なあに、用さえ足せればそれでいいのだ。すらすら滞《とどこお》りなく書ければ、悪筆もなにもありはしない」と言って軟化した。

私にはその一語のほうが、お手本よりどんなにありがたかったか。ただし、悪筆でもすらすらと、いついかなる場合も滞りない心構えを持つことは、習字のいやさを我慢するのと、どっちこっちだということを知らなかったのである。私は、能書でない男親の甘さに便乗したのだし、悪筆でも滞らないだけにおのれを強くすることもサボったのである。

私は私の娘に、習字の点でまことに寛大であった。私が娘にしたことは、父親が私にしてくれたことよりずっと少ない。手を添えてやったこともあるし、筆墨の用意をしてつとめて勉強を促してやったこともある。私の夫はこれはまた、商人に生れついたくせに、からっぺたなのである。けれども夫の両親は一ト通り書くとおもう。お舅《しゅうと》さんは私が縁づいたときもう亡《な》くなっていて、残っている手蹟《しゅせき》を見たのだが、肉薄の骨立った字だった。お姑《しゅうとめ》さんは変体仮名がなだらかで、二人ともはっきり「手習いをした字」の行儀よさだった。だから私の娘は気の毒に、父系の隔世遺伝を受けないかぎり、率ははなはだ悪い。私は彼女の「お習字は嫌《きら》いなの」にころりの弱さを、いかんともしがたかった。

習　字（**）

思えば私たち親子はくだらないのである。二代つづいて全く同じ経験をくり返して、しかもちっとも進歩がないというのは愚である。天性や遺伝があるならあったでしようもないが、それに柔順なばかりがほめたものでもない。字などという小さい部分的なことで、劣等感を道づれにしていたってはじまらない。習って多少よくするか、悪筆でもこだわりなく明朗な気持ちでいるようになるか、どっちかに片付いたほうがいいのである。すくなくとも風通しはよくなる。叩《たた》けば埃《ほこり》の出るからだということがあるが、埃をもっていない人間はめったにありませんなあ、とある弁護士さんがいっていた。埃の種類こそ違うけれど、習字のごたつきなども一種の埃だから、片付けたほうがいいのだ。

それにチャンスというものも、天然と人造と二つあるとおもう。うしろ髪のないのが本物チャンスで、何かに寄せてわれから設置するのが人造チャンスである。娘のお習字については小学校三、四年以来、なんとなくもたもたして過ぎてきたが「人造チャンスの押売りをしたいんだが、どうだろう。このさい、おやすくするけどね」と娘に相談した。「お豆腐だって長年の埃を払ったし、あなたもそれをお相伴してたべたじゃないか」といえばにやりとして、押売りチャンスを買うと承諾し「このさいのお相伴というものは、意外なところへ飛び火するのね」という。

それから二人で悪筆劣等感についてはなしあったのだが、あんまりぴたりなので「そうなの！」と同感ばかりで、一ツ話してはあはあはと笑わずにはいられない。同類相寄って劣等感のなかに笑っているのは、愚かしいというほかないが、たとえ劣等感のなかででも親子が了解しあって笑えばうれしかった。劣等感を踏みごたえがある、というような気さえしたのである。様という字が片びっこにぶらさがったり、目という字口という字の戸締まりは二代つづいて悪いのだけれどとにかく若いものがやってみるといえば嬉しい。人造チャンスは親がしてやらなくても、自分が好めば二番煎《せん》じ三番煎じも利いて、うしろ髪はたっぷり生えている。

さっそく筆を用意しようという。私も半紙の買いおきがあったなどとおもう。そしてふと気付いて、筆をやめようじゃないかと提案した。筆のことを思っていたら、古い習慣性をもった劣等感がちらりと見えたからである。黒板と白墨でいいのだし、鉛筆でいいとおもう。それからペンにして、毛筆になっても間に合わないことはない。形も結ぶことから知って行ってもよくはないか。毛筆の字はむろん毛筆で出発するのが本当だろうが――私は悪筆の者のもつ心情から、チョークと鉛筆をすすめてみた。彼女はとにかく押し売りチャンスを買わされて、いま試みの期間である。習って多少よくなるか、悪筆のまま滞らぬ心境を採るか、いずれにしても結果は早くは出まいから待つのだ。

私はお習字埃をすこし払った気がする。電気掃除機ならよかろうになあ、と思う。

おしゃれ

おしゃれもいろいろなおしゃれがあるが、女は三ツ子のときから着物のおしゃれに執着する。

ファッションを撮影するある写真家が、さきごろ嘆息して話した。おとなのモデルさんたちは、それぞれ誰はどの服を着るという話しあいがきちんとついているから、写真家はより効果的に撮影すればいいのだが、子供の服をうつすときは往々困ってしまう。それはちいっぽけな女の子のくせに「あたしの服よりあの子の服のほうがいい恰好《かっこう》だ。あたしにあれ着せて頂戴《ちょうだい》」とだだをこねて泣きだし、せっかく写真うつりのいいようにお化粧した顔もなにも、めちゃくちゃにしてしまう。泣き顔はうつせないと、へたに機嫌《きげん》を取ろうものなら甘えてよけい泣くし、叱《しか》ればまたなお泣くし、「どうもあれを見ると、末のおそろしさがわかりますね」と、処置なしだという表情をしていた。

五十もなかばを過ぎると、着物のおしゃれけもだんだん減ってくるが、減ったというていどで消滅とは言いかねる。もっとも、好むままにどんな衣装も自由に着てきた人たちは、しゃれつくしてもうしゃれけなどは、きれいさっぱり水で洗いあげたようになっているかもしれないが、私の場合などは、身につけた布の種類も、色や柄《がら》の範囲もごく狭いものだから、きれいにしゃれけが消滅と行かないかもしれない。買いたいとか着たいとかいう積極的な欲はあまり起きないが、いい着物だなとしばらく見とれることはちょいちょいある。

和服はそれでもこの年齢まで着つづけてきたのだから、たとえ一生御縁の持てそうもない高価な反物などを見せられても、眼《め》で見ればほぼ着心地というか、触感というかは察せられるのである。だが洋服となると、まるで見当がつかない。毛織物といっても堅い質のもあるし、柔らかいのも、ざくざくしたのもあり、絹あり、レースあり、新繊維あり麻もある。そしてカットもさまざまだ。着てみたいと思うのだが、これがなかなか着られないでいるのは残念である。

一ト筋にしか歩かなかったというのは、ある意味ではまことにすっきりしているが、ある意味では不随意になったということでもある。着物の感覚を知っているために、服の感覚を受けいれられなくなっているのは哀《かな》しい。けれども私の見ているかぎりでは、いま和服の人よりスカートの人のほうが多いとおもう。これだけ大勢の人が服を着なれることができているのに、なぜ私にはこれが窮屈でたまらないのか、ふしぎである。それだのに、着てみたいと思ってもう長いのである。しかも、どんな恰好でもかまわない、着さえすればそれでいい、などとは決して思わないのである。なんと、ちゃんとおしゃれがしたいのである。

図々《ずうずう》しいと言ってくださるな。生れてこのかた着通してきた和服でさえ、しゃれけ消滅はせぬものを、まして新しく着たいと思うものに於《おい》てをやである。できあがって来たスラックスなるものは、古色なつかしき股引《ももひき》そっくり、おしゃれどころではなかった。

馬

そのスラックスは、カットをしてくれた人にいわせると「新しく作るものなのだから、やはり現在のスタイルにしないと、せっかくのものが古めかしく見えてつまらない」というのだが、それでも長年和服を着てきた私の古いからだを考慮してくれたらしい。「過去と先端との中間をとって、苦労してあるわよ」と娘たちは出来上りをほめているが、脚の形がはっきりわかる今ふうの細いスラックスを、私はどうしてみようもない。「これがおしゃれスタイルです」といわれれば閉口するほかなく、この上は馴《な》れるばかりである。着たり脱いだり、脱いだり着たり、「かあさまは和服だと眼にも立たず、さっと着換えてしまうのに、どうしてスラックスひとつ穿《は》くのに、こう大げさに散らかすの?」といわれる。

つくづくとこうしてわがからだに対面すれば、間違いなく明治時代の日本女性的な出来である。服を着て肉体の欠点をかくすことは容易でないと悟ったが、そう悟っただけでは寂しかったから、不出来なからだを補って着ていたのだから、我ながら和服は上手にこなしていたのだ、とみずから慰める。スラックスは不似合のわびしさをまとっているようなものだけれど、私はそれをはいて「出かける」と宣言した。「へえ！　どこへ？」

言葉および音調というものは、実に心のなかを偽らない。みんなは私の勇気にとまどったらしいのが、へえ！　に現われていた。せめてものいい気持である。すまして答えた。「馬に乗りに行くわ。いっしょにどう？」「うま？　へえ！」驚かしてやって、私は上機嫌なのに、このスラックスはまだそっぽをむいてごそついていた。止《や》むを得ないとはいうものの、絶えて久しい記憶が浮く。若いときはよくこんな寂しい気がしたものだった。新しいきものが似合ってくれなくて、自分と着物と別々に歩いているようななさけない気持だった。

人には添ってみよ、馬には乗って見よという。人に添ってみてうまくは行かなかったのだが、馬に乗ってみたいと思っていた。思いきって乗ってみる勇気がもてないままきょうになったのだが、これも雀の手帖を人造チャンスにするのである。というけれどどっちへ行ったら馬がいるのか。つてをさがした。

やさしい小柄な馬に乗せてくれた。いちばんに来たのは高さの恐れだった。人より高いところに身を置いているのは楽しいようにきいていたが、やはりそんなものでもないようだ。高く身を置くことに先ず馴《ま》れて、それからはじめて楽しさもわかるものだろうか。草の葉と地面が新鮮であった。

そこは多摩川に沿った馬術学校で、土手ひとつをのぼっておりると河原である。川上川下と広く見晴らして、水は光って蛇行《だこう》している。休憩する。馬は私を背にのせたまま、首をのばして、赤い豆科の花をつけた草を選んで食べ、フルルルと鼻をならす。スラックスを忘れていた、と思い、ちょっと嬉《うれ》しく娘のほうを見た。

おしゃべり

この手帖はここ十日ほど、私のへんてこなやりかたをお目にかけているから、それについて少しおしゃべりをしたい。それは糠味噌漬《ぬかみそづけ》のことからはじまっている。人に訊《き》かれてその場で返辞ができず、しかもいまだに努力を怠っていて確とした返辞が果せず、さりとて問われたということは忘れられないし、思いだしては心にかかっている——という事柄の一つに、糠味噌漬の質問を受けたことを書いたのがはじめで、長く心に立往生している豆腐製造の見学から、関連してついでに大豆を思いたち、豆を買って話を聴いているうちにそこの主人に、いまは食生活が変化してきたから、豆を上手に煮る女はいなくなったと言われ、消滅して行くものへのなごりから煮豆屋さんへ教えを乞《こ》うたのだが、偶然その煮豆屋さんは夫の急死で店じまいをするところだった。

いろはかるたじゃないけれど、歩けば人様の好意にも逢《あ》うかわり、思いがけない悲しみにもぶつかるのだが、お葬式直後の店じまいへなど行きあわせれば、最初に考えといたプランは挫《くじ》けてしまった。本来は煮豆から砂糖や化学甘味へ延びるかと思い、お釜《かま》や笊《ざる》や計量器のような道具類へつながるか、または竹の皮、経木《きょうぎ》、ポリエチレン袋などの線へ行くかと、目的なしに一ツ二ツと知らない停留所を訪ねわたって行こうとしていたのだが、その心づもりは夫、死、店じまい、内職、今後の妻一人の生活――といったものへ行きあたって行き渋り、そしてその道を断念したのである。

なぜこんなふうにしたかったかと言えば「雀の手帖」百日ももう終りに近く、主婦のかたがたに読んでいただいたということも小耳にしたので、同じ主婦である私が十年前にふと作文をしてこのかた、こんなやりかたでやってきて、どれだけいろいろと見ず知らずの人に教えられ、慰められ、あかんべえをされて――一言で言えば結局は助けられてきたのだが、ここにそれを実際でお見せしてみたかったからにほかならない。

こういうやりかたは、ものを探求する人にはめずらしいやりかたではない。皆がするところである。人に訊く、書物、辞書に読む、足で歩いて手に取って、それからそれへとたずね、そして考え纏《まと》めるのはつねに誰でもがする方法である。ただ主婦はこんなことをしないようだ。主婦の多くはこの方法を欠いていて、そのゆえに当然知っていてもいいはずの身近なことを、何も知らない一種の貧困状態で過してしまう。豆腐や豆のことをほんの上皮一ト通り知ったとて、それはどうと言うほどのことではないけれど、知るというのは楽しいし、明るさのますことである。しかも連鎖して、それからそれへと手繰れるおもしろさがある。大きなお金をつかったり、面倒な伝手《つて》を辿《たど》って人騒がせをするなら、それは愚かしいことだが、買物のついで、顔なじみの立ち話からでも、その気になればものを知る絆《きずな》は摑《つか》める。主婦のしごとは目前のことに追われやすく、だんだんと「知る」ことから遠のく。これが主婦の弱さなのである。それで私は私の経験をお目にかけて、もしなにかの役にもと思ったのである。

柿若葉

眼ざとい耳ざといということを言うが、眼や耳そのものが、そのとき急に鋭敏に働きだすのではなくて、そのとき心の働きが鋭敏であると、眼や耳が伴《ともな》ってさとくなるのではないだろうか。

さといのは生れつきもあり、環境や訓練もあるし、生理状態もあるだろう。私は睡《ねむ》るのが名人で、部屋が変ったから、枕《まくら》がいつものでないからなどいう不眠を味わったことがない。だが老父の晩年には、別室に病臥《びょうが》している父が寝返りしたり、咳《せき》をしたりするとすぐ醒《さ》めた。父に関しての物音には起きるが、鼠《ねずみ》が荒れても犬が騒いでも、それでは妨げられなかったのである。その父が亡《な》くなって、私が一家のあるじになってみると、さて夜の物音に耳ざとくなっていて、すぐ眼がさめてしまう。

やはり、いくら老病人でも父に頼っていたと、へんなところで知らされた。そのうちおちついてくると、神経も休まったと見え、常態にかえったが、このごろ、これは年齢による耳ざとさになった。内証ばなしなどへの耳ざとさとは違うが、さとさには消長があることたしかだ。

きょうは投票日で、きのうまでのうるささにひきかえて、ありがたい静かさになった。静かになったから、けさから大層耳がさとくなっている。河馬《かば》の耳はたいへん便利にできていて、水へ入るときは穴がふさがってしまうしかけになっているが、人間の耳もあまりうるさいところにいると、適度に鈍感になって防いでくれるのかとおもう。けさはほんとに掃除の物音などを、久しぶりでさわやかに聴いて、春の朝を楽しんだ。

耳が楽しむときは眼もたのしめるらしい。ここ数日来、柿《かき》の若葉がだいぶひろがってきていた。毎年私はこれを楽しみの一ツにしているほどなのだが、あんまり絶大なる御支援とどなられると、柿の黄色っぽい葉がいやにもさもさ鬱陶《うっとう》しく、見ていて眼も気もやすまるどころか「こみすぎてるから、すかしてやろう、鋏《はさみ》持って来てよ」などと言う気にさせれた。それがけさは、柔かくいい葉っぱになっているから、あざやかである。

柿の葉のきれいさが受取れれば、それが基準になって、いろんな青の美しさが見えてしまう。羊歯《しだ》のぎざぎざの青、もちの木の新芽、紅だの白だのの花を囲むさくら草の葉、ことしは三本しか花をつけない鈴蘭《すずらん》の若々しさなどが、映画のなかのようにずうっと順々に眼にはいる。青木の新しい葉はことにみずみずしい。

青が鮮やかに見わけられるときは、陽《ひ》と影のおもしろさもそこへ浮きだしている。季節もはっきり出ている。色も出ている。形も隠れていない。

けさはいい朝だなあ、そしてこのまいまいつぶろみたいな、ちっぽけでお手軽なすみかも、あたしはこれでまあいいとおもってる、とついひとりごちた。家人もみんな同感らしくて「まずは平安ね」と言う。小でまりの花がまっしろである。

白い花

小でまりの花がまっしろだ。青い葉の上に乗っかっている花だ。浮かんで咲いている白い花である。小さい手まりという名をもらっているが、おや指の頭ほどの小さい白いまりになっている花だ。それが青い葉っぱを敷いて、撓《たわ》んだ枝へ一つ一つ順々に、階段になって咲く。陽《ひ》があたっていると陽のなかに浮かんでいるとしか見えない。日が暮れれば暮色のなかに、それこそふわりと乗っている。白い花だとおもう。

白い花の、咲きかけてきたときの白さというものはない。ばらの白さ、白モクレンの白さ、ツツジの白さといろいろな白さがあるが、どれにしても咲きはじめてきて満開になろうとするまでの白さは、目のさめるものがある。白という色の鮮度のきびしさ、潔癖――を思わされる。きのうときょうとが私の小でまりはさかりだろう。せいぜいあしたのお昼までくらい、午後はもう白の気魄《きはく》は萎《な》える。

きのうは一日、花ばかりへちろちろと気を移していたが、灯《ひ》がついて雨戸をしめたあとも目に残っていた。ふわりと残っている白い花なのである。なにかに乗っかっている、浮かんでいる、といった感じで残っている白い花なのだった。乗っているといっても波のようなものではない。あんなに固くないものの上だ。雲でもない。色などないものだ。風か。風でもない。もっとずっと優しいものに乗っているのだけれど、しいて言うと、なんにも無い上にふわっと乗っているというのが、いちばん近い感じなのだ。乗っかっているというからには、乗られているものが何かなくてはならないのに、おかしな感じを受取っているものだと思った。と思って、もう少しで素通りするところだった。なにに乗っかっているかのせんさくは、先走りしているのであって「乗っかっている」ということばだけが、いま自分に恵まれたものなのだった。あの花は、乗っかっている――とそれだけで今はいいので、私は私の小でまりに、そのことばをもらったのだとおもう。そのことばしかくれないのなら、それがつまり紛《まぎ》れもないその花だという証拠ではないだろうか。私にとっては

「乗っかっている」がたしかにあの花なのであった。こういうとき私は上機嫌になってしまう。もらいものは嬉しい。貰《もら》ったことばをすぐ使うようでは一人前ではあるまいが、でも、あしたの手帖には「乗っかっている」と書こうと思うと嬉しかった。

そしてけさ、花はいよいよ咲きそろって白かった。そよりと揺れる風もない。ようやく伸びているカキの若葉をもれて、春の陽も動かない、それなのだった。小でまりの白い花は、自分の青い葉の上に乗っていることもたしかなのだったが、私の目に残った浮きかたもまた確かなのだった。陽の上、夕やみの上に乗っかっている花だった。形のないものの上に乗っていた。乗るも浮くも一ツことだった。

これでやっと、この花に済む気持になれた。

配色

美智子妃殿下はアイヴォリー・ホワイトとかいう白色がお好きで、よくお召しになるというが象牙《ぞうげ》というから黄味をおびた白なのだろう。きっと純白より優しい味のあるものなのだろう。

純白のものを着るとき、附属品にみな白を使おうとすると、たいへん気苦労がいるという。たとえば靴《くつ》とか手袋とかいうものは、服地と質のちがうものだから、その白さが同じにはゆかない。すると、服と手袋と靴の三種の白さに優劣ができて劣った気分がうすぎたなく見え、なまじいに白であるだけに、かえって着ている人の無神経さが目立ってしまうという。お嫁さんが白りんずのうちかけに白い着物、白い帯をするが、足袋は羽二重よりも普通のキャラコ足袋のほうがよい。羽二重は光沢のある織物なので裁ちかたによって布目がちがうと光沢が逆作用して、白は鈍い光りをおびた鉛色になってしまうのである。白いが上にも白くありたい足許《あしもと》がうすよごれして見えては、せっかくの衣装もぶちこわしになる。

吾妻《あづま》徳穂さんの白い姿を、舞台ではなくて見たことがあるが、さすがに白がいきいきとよそわれていた。ある美容師さんが言っていた。白地に色模様が染められた着物なら大抵な人に着付けても大丈夫だが、真っ白を着せて必ず効果があるかどうかを一ト眼《め》で見わける方がある。それは眼だ。眼の光っている人ならまず大丈夫で、その人の化粧には心配いらない。もし眼に光りのない人のときは、化粧下地に多すぎると思うほど紅をひいて、その上におしろいを刷《は》いて仕上げると、白い着物にバランスがとれてくるものだということだった。白いものを着るのは和洋とも気の疲れるものとみえる。白のむずかしさばかり聞かされると、白は排他的なり、とおもう。

白をむずかしがる人はやたらとそんなふうにいうが、無造作にかまえている人もある。夏になりゃ誰だって着てるじゃないの？　それだって特に滑稽《こっけい》な人なんかいやしない。色が黒いから似合わないなんてことないわ。インドの人は白いものばかりらしいけど、美事だわ。ああいう皮膚の色の濃さへ白はすばらしいと思うけど、だから日本人でもスポーツの人の白シャツはすてきでしょ？　陽《ひ》にやけていなくてもけっこうよく日本人にも似合うんだわ。ほら、お医者様ごらんなさいよ、コックさんも考えてよ、みんな白を着て得をしているわよ、とのんびりしている人もある。言われればその通りである。

雲虎《うんこ》色と、俗におかしがっていう色がある。あれに他の色を取り合わせよく置こうとするのは面倒である。雲虎色の濃淡ですれば一応配色は無難にいくが、それではあまり智恵《ちえ》がない。そういうとき雲虎色と他の色との間へ、白をほそく入れるとさしものあの色もおさまりやすくなる。この場合の白は、むずかしい易《やさ》しいを通りこして、配色難を救う色である。

はな

すずらんの花が咲いてくれた。たった二本しか花をつけなかったが、待っていた身にはその二本で十分にうれしい。東京ですずらんを育てても無理で、いのちは続くけれど毎年花は少なくなって、しまいには咲かなくなるとたいがいの人がいう。そういう例を私も見て知っている。葉ばかりなのだ。夏になるとその葉がおにおにしいほど、大きく黒青くさかんな勢を示すのに、翌年の春にはきまって花がない。そこの女主人は「この花のかわいさと匂《にお》いのよさに惹《ひ》かれて植えたのだが、毎年花をつけないのを見ると後悔している。咲くべき花の咲けない土地へ植えたということは、なんとかわいそうなことだったか」と言っていた。

花は咲くが匂いは抜けてしまう、という人もいる。私はこの株をわけてもらって五年目だが、移した翌年は花なし、二年目から咲いて、去年がいちばん成績よく、ことしが最もわるい。匂いがあるかと身をかがめたがわからない。あきらめて身を起したら、並んでかがんでいた娘が「あら、匂った」という。それで地べたへ膝《ひざ》をついたら、かぐまでもなくはっきり匂っていた。

身をかがめたのでは匂いがこず、身を起すと匂いが立ち、鼻を近づければ紛《まぎ》れもない。たった二本のすずらんであり、けさはいいお天気だった。春の朝の空気とはこんなものだとおもう。もっとどっさり花が咲いているとか、丈の高い草や木の花だとかいうなら、こうは教えず、また異った春の朝の空気を教えるとおもう。丈ひくく、数すくなく、うつむいて匂う花のゆえに、こんなふうに春の空気の流れかたを知らされたのである。

北海道にはこの花が広野にあって咲いているとかきくが、足許から匂いたつなかに立ったら心が酔いはしないだろうか。うらやましい場所である。女は顔を彩《いろど》ることも好き、いい布をまとうことも好きだが、花の匂いを身にしますことも好きである。

香あわせという遊びは、いまはもう特殊なごく一部分の人しか知らない趣味だが、匂いを楽しむ遊びである。らこく、さそら、まなか、まなばん、すもたら、きゃら、などの香木を小炉の火にかけて、それがどの香かをあてっこして遊ぶのである。よい折があって二、三度その席へお相伴したが、おかしなことに或る種の匂いには私はいつも間違ってしまう。どうもその匂いだけがよくわからなかった。

すると、先年こんな人を知った。その人はいい匂いは殆《ほとん》どわからない鼻なのである。悪い匂いはわかる。だが、全部はわからぬ。ごみ箱、しもごえ等はわかるが、台所のガスはちっともわからない、とこぼしていた。それで思うのだが、声にはドレミファソラシドのファが抜けているなどという人がある。眼には赤の欠けたのがあり、匂いもまた、欠けた鼻があるということなのだ。鼻盲か、鼻オンチか。

老いる

このごろ時々上野動物園の飼育担当の人から話をきいているのだが、話がたまたま動物のこわさというところへひろがった。「大牟田《おおむた》のことなども、遠い九州のひとごととは思えやしないよ、なあ」と一人がいうと、みんながふうっと溜息《ためいき》をして「失敗の上へ何かをプラスして行かなくっちゃねえ」と、それよりほか語らなかった。語るにまさるさまざまな心やりが見えて、美しい人情だとおもった。

それにしても猛獣の取り扱いはたいへんなものである。人も安全、毛ものも傷つかないようにする方法はないものか、誰れか頭のいい人が現れて、都合のいい機械かなにか発明してくれないか、と頼りないことを思っていたら新聞に、麻酔銃で眠らす方法が出ていた。動物のからだに銃で麻酔薬を打ちこむのである。こうすると猛獣の輸送に高いおかねをかけたり、脱走のとき動物をあやめなくても済むのだろうというので、いま実験をはじめているところだそうだ。うまく行くようにねがう。飼われている動物はきっといたずらをするという。錠をこわす。金あみをほぐす。柱をまげる、と絶えずおいたをする。「なにしろ退屈でしょうから無理もないですけど、こっちは忙しくてつききりには出来ないし、あっといったときはもう間にあいません」

ずっと以前、いのししが出てしまったことがある。三頭の猪《いのしし》を移動しようとして、二頭は難なくいって、あと一頭だな、と思ったそうだ。そう思ったとたんに、まるでそのほっと吐いた息に乗ったようにして、すうっと残る一頭が囲いを出たという。こういう間拍子《まびょうし》というか、彼等の鋭敏さというかはおどろくものがあるようだ。大騒ぎして飛び出すのではなくて、ふうっと虚をついた静かな出かたをするらしい。

逃げた動物はただ追いかけるのではない。なるべく都合のいい場所に追いこんで取りおさえる。ところが猪君はとっとと逃げる。うまく追いこんだ。行手はトタン塀《べい》だからそこで止まるにきまっている。と、思ったが外れた。

「奴《やつ》はすぽんと、忍術みたいに突き抜けて行っちまって、穴だけあいてた」という次第だ。忍術みたい、とは実感がある。いかにすぽんと事もなく突き抜けたことか。

それから又追いかけた。猪は崖《がけ》の上に出てしまった。今度こそがも一度外された。ぽんと下へ飛び下りた。下はガラス張りの天井をもった鰐《わに》の住居だった。凄《すご》い音響で猪は鰐家へ闖入《ちんにゅう》である。それがまた大きな鰐で、くわっと口をあけて、おこってるのだか、威嚇《いかく》だか、猪はガラスの破片で傷ついて、血を流しているし、とにかくおそろしいのである。幸に鰐の口や尻尾《しっぽ》に攻撃されないうちに、かぎを外して猪を導きだしたという。麻酔銃がこんなときうまく役立てばいいと希望をもつ。

「あのときは若かったっけなあ」という。その人がまだ三十を出たばかりの若さであるけれど、感慨はうそや口の先ではない。たとえその時二十歳であっても、ぐっと心は老《ふ》けたにちがいない。

吹きながし

一年のうちのいちばんいい季節になった。旅行もしたいし、おいしいものを食べもしたいし、一日中のうのうと好き自由に休むのも悪くない。そのくせ、大掃除だの洗濯《せんたく》だのの季節だ、とも思うのである。そういう思いかたに我ながら主婦業の年数をおもわせられる。

女もめきめきと体力がついてくるのは、十五、六、七くらいのときだが、その頃《ころ》私は大掃除に畳二枚を両脇《りょうわき》に持つことができた。力があるというより上背があるので出来たのだろう。

忘れがたいのはその折に風というものを知らされたことである。午後になって庭から畳を運び入れようとして、横から風をうけた。畳自体の重さがいいかげんあるところへ、畳の大きさだけの抵抗で風を受けたのだから、ちょっとこう貧血するような感じでじっとこらえたのだが、もちろんそのあいだは立ち停《どま》っていた。動けなくなったのである。一ト吹きの風の長さがよくわかった。よくもあの時ほうり出さなかったものだが、手を放すこともできなかったのかとも後に思う。馬鹿《ばか》らしい話だが、そのとき風のこわさを知った。あらしの風などは知っているが、そんなものではなくてもっとずっとこわく思った。

のちにだんだん思えば、あらしの風へもつ恐れは、あれはいわばみんなに配給されている恐ろしさであり、畳のときは私に襲ってきたこわさ、私が辛《かろ》うじてこたえ得たこわさなのである。不意打ちとか、思いもかけぬとかいうやられかただった。そしてそのとき以来私は風とは、縞《しま》模様がついているものだ、と信じているのである。突飛なことをいうように聞えるだろうが、一ト吹きの風の塊りは、頭も尻尾も平均した力で吹くのではなかった。よろけ縞とかやたら縞とかいったかたちの、太いところも細いところも千切れもかすれもある縞模様をもって、一ト吹きの風の力は構成されている、と私は信じるのだ。けれども念の為《ため》に言うが、この時の風は突風やなにかではないので「風が出てきたわね」程度だったのである。風が吹けば桶《おけ》屋《や》が儲《もう》かるが、私はこわいことをおぼえた。町会の定めた大掃除の日に今年も風があれば、私は畳はごめんこうむる。

きょう少し遠いところへおつかいに行った。ときどきそこへ行くのだが途中に去年から土手を築いているところがある。新しく電車を通す道である。それが出来ていた。築きあげた斜面の土は乾いて、まだ雑草一本生えていない裸だ。土手下の家は埃《ほこり》をかぶって屋根瓦《がわら》が白茶け、だが高々と鯉《こい》のぼりが立っていた。えらく鯉のぼりが生き生きしていて出来上がって乾いている土手も、もりもりした勢いで遠く伸びていて、いい景色だった。どんな男の子がいるのか知らないけど、しっかりやってくれえと声がかけたい気の弾みをうけた。

吹きながしというけど、あれは利口なのだろうか。ばかなのだろうか。吹き流しにすればすらりと行くかわり、とどまるものはない。

お休み

天皇さまのお誕生日である。宮城前はいっぱいの人出。素足にサンダルをつっかけた娘三人。三人とも髪に白い帽子をつけ、胸からの前掛をかけている。たぶんどこかの食堂か喫茶店の女の子さんだと思われる。それが上機嫌《じょうきげん》でざっくざっくと砂利をならして、二重橋へと行くのである。仕事場をちょっと抜け出してきたといったところである。

親子孫の三代そろいの組もある。これはおばあさまが一見してしゃっきり者、ねずみ色の無地紋付を一着におよんで細身《ほそみ》の杖《つえ》、どうしてどうして悠然《ゆうぜん》たるものだ。両脇にお母さんと孫娘、お母さんはパーマも足許もぼさぼさにくたびれた顔をしてそれでも片手をおばあさまの背へまわしている。孫娘は襞《ひだ》のたくさんあるスカートに黄色のカーデガン。明らかに親子孫の関係だとわかる目鼻立ちの似かたである。颯爽《さっそう》としているのが娘、手強《てごわ》そうなのがおばあさま、くたびれてしまったのがお母さん、——ちょっとわかる気持もする一ト組であり、これもほほえましいのである。

用事をすませて時間のずれたお昼をとる。有名なおそばやさんで、いつでも椅子《いす》のすいているときはないのに、きょうはがらんとして私だけなので、へんなきまり悪さがあった。日曜休日となると東京の繁華な場所はほんとにひっそりするが、戦後こうなったと思う。以前には銀座など日曜に混雑したのである。このおそばやさんもきょうは日曜でないから店をあけたのだろうが、こんなに人足がなくてはいっそお休みにしたほうがましだろうに、商売となればそうも行くまい、このところ飛び石連休で、その度に休んでいるということはできないし、ちっともゴールデンウイークじゃないだろう。給仕の女の子が手持ぶさたなのをがまんして、行儀よく無言で並んで立っていた。たった一人でも客がいる以上は、客へのエティケットから自分たちのおしゃべりもできないのだと察した。そう察しると落付いて食べている気もなくなる。せめて手持ぶさたの休日開店に、気儘《きまま》なおしゃべりの邪魔をしたくないとおもう。どうしてこういう休日のとりかたに決ったのかわからない。だらだらしていて気に入らない休日だ。サンドウィッチはハムやチキンが真ん中にはさまっていておいしい。ベーコンも脂身《あぶらみ》と肉、脂身と肉とだんだらになっていてうまい。休日がそれではおいしくないのである。まんなかにはさまっている働き日は、なんだか根性わるの邪魔ものみたいなふうだし、だんだらの休日は一日だけの休日にくらべてそれ程効果的とはいえない。だんだらに三日、四日休むより、ぶっ通し二日続きのほうが、気持にも実際にも嬉《うれ》しさがあろうというものだ。

それだから、えい、休んじまえと口実作成に頭をしぼったりするのである。小人閑居して不善をなすというが、私たちは潑溂《はつらつ》と休みたいために、口実つくりなどやる。だらついた休みはきらいなのだ。

箱

男の人はてんで箱なんかのことで気を動かされることはないようだが、女はどういうものか箱というと、え？　とふりかえる傾きがある。もっとも男の人だって、美術品として価値のあるものなら、ほほうと言うかもしれないし、純金に宝石をちりばめたのなどなら、また別の興味をもつかもしれない。浦島さんの玉手箱以来、男は箱に心惹《こころひ》かれなくなったのだろうか。とにかく箱のことなど、男の人が言っているのを聞いたことはない。

女は小さな子供でも箱に反応を示す。チョコレートやビスケットの箱は、きれいな彩色や絵がついているが、それをほしがるのである。そして予約する知慧《ちえ》をもっているから驚く。「それ、からっぽになったら、あたしに頂戴《ちょうだい》ね」と言う。外側の箱もほしいが、箱におとらず中身もちゃんと尊重しているから、中身の存在しているうちは、最高権威をもつ母に保管をゆだねておくのが至当だと了解しているのだろう。

ハンケチの箱も美しい風景がついていたものだ。あんな薄っぺらな箱などしようがないのだが、子供のときにはほしくてたまらなかった。いまでもきれいなハンケチの箱を焚《た》きつけにするとき、なにか利用法はないかなどと家人へ聞いてまわって笑われる。笑うくせにその家人たちが、お菓子のボール箱やアイスクリームのおみやげ箱に貯蓄精神を発揮する。杉折《すぎおり》や桐箱《きりばこ》、ましてお祝返しの鰹節《かつぶし》が入ってくる蒔《まき》絵《え》箱ともなれば、老若を問わず希望者はずらりである。どうしてこんなにみんな箱が好きなのだろう。あれを入れるのに必要だからというならわかるが、入れるもののあてもないのに、しかもあまりきれいでもない箱なのに、燃して処理するのは勿《もっ》体《たい》ないと、暗に批難されるのである。

あき箱というのはこんなに女たちに愛されているのにもかかわらず、なかなかぴたりと物を納めることは少ない。ようかんやカステラの折でいいものがあるが、最初はいっていたようかんカステラより、よりうまくぴたりと詰められるものはほとんどないと言っていい。そのために作ったというのと、二度目を利用するのとはかなり違う。利用はむずかしい。

銀の槌目《つちめ》のジュエルボックスを持っていたことがある。槌目だから銀が光らず、渋くおちついていて、内貼《うちばり》は濃緑のシフォンだった。平凡だが上品な趣味の箱だった。でも私はこの箱へ入れる宝石を持っていなかった。わずかの襟止《えりどめ》ピンとか草入《くさいり》水晶の玉くらいなものだが、のちに零落してお金に換えるときも惜しく思った。宝石箱は所詮《しょせん》は宝石を入れるための箱であって、宝石でない他の何を入れる役に立っただろう。だが、惜しかった。

私のお姑《しゅうとめ》さんは清潔なあき箱なら、やはり捨てない人だったが、これは同時に箱使いの名人だった。到来ものの菓子でも果物でもを、まず仏様へお初穂、それから自分の分を取ると、あとはみなその日のうちに人に分ける。そのためのあき箱だった。捨てず止《とど》めず、有徳《うとく》のあき箱である。

紐

いつかテレビの劇に千両箱が出てきたが、えらくやわな千両箱なのでいやになった。俳優がへたで小道具のあらが目立ったのか、道具があまり悪いので俳優さんの演技もかすれたのか、それともテレビというものが俳優をも道具をも実際よりマイナスに映すのか、そのへんは私にはわからないが、そんなことを思うのは、難点がこちら側にもあるとも言える。それだからすぐと、やわだということをほじり出して見てしまうので、千両箱を大切と思う感情を持っていれば、その感情にくるんでやわを見逃せるだろう。私たちは千両箱へ愛情なんか持ったことないからである。女がいまだにあき箱へ心を寄せるにしても、さすがに千両箱はもう遠い。外国の漫画などには、千両箱に匹敵するお金は袋入りに描かれている。きっと丈夫な革袋だろう。身につけるには袋の方が便利だ。いま私たちは日常の買物に籠《かご》や袋の、手にぶらさげるものを使っているが、そのむかしは袋は箱とともに女の気をとめるものだった。大枚《たいまい》のお金は入れられないが、小銭《こぜに》は巾着《きんちゃく》を使ったし、旅行ともなれば信玄袋である。武田信玄のデザインによるのだろうか、私などが最後の愛用者というところらしい。よく縮緬《ちりめん》のあまりぎれなどで小袋を縫っておいて、ぶざまな形のものをあげるとき、——たとえば林檎《りんご》三個などその袋へ入れてあげたものである。ゆったりした時代をあらわしている袋である。

いまはバッグ全盛。ぬかみそ漬《づけ》さえポリエチレン袋におさめてデパートで売り、罐詰《かんづめ》を二、三個求めればアメリカ式ハトロン紙袋へ入れてくれるのである。袋はやはり重宝がられているけれど、いま女の愛しているのはハンドバッグであって、あれを袋だなどと言えばいやがられてしまう。

むかし女に騒がれて、いまさびしくなってしまったものに、もう一ツ、紐《ひも》がある。着るものがすっかり違ってしまったせいなのだが、紐は和服に是非入用であった。是非入用だからそこへ意が用いられ、意の用いられるところに趣きや美しさが醸《かも》された。しかも和服に使われる紐のうち、おもてむき堂々と名のりのあげられる紐は一本きり。それは帯どめの紐しかない。あとはいかように心をこめても、表に出すものではなく、ものの下に隠されてしまう紐なのである。それだからこそなお美しくと心がけて、腰紐は着物との調和がとれるよう、何本もいろんな色のをつくりためていたのである。といってもそれは紐を締める間の、ほんのちょっとのひまの自分ひとりの楽しさであって、結んでしまえば着物の襞に隠れてしまうものなのだった。紺のじみな着物を着ようとして、浅葱《あさぎ》色《いろ》の紐を口に啣《くわ》えていた中年のひとの美しさなど、いまにおぼえてすがすがしい。

もう一本、誰もが愛用した紐がある。襷《たすき》である。赤い襷を十文字にとった和服は、前向きもうしろ向きもいいものだった。片方はずした片襷の小粋《こいき》さなど、もう昔話だ。

人ぎらい

永井荷風さんが亡《な》くなられて、きょうはお葬式だった。お焼香に伺おうか、伺うまいかとさんざ思い惑ったけれど、やめにした。そちらへ行かないかわりに、うちで白いお花でもいけて、お別れのお辞儀をし、手をあわせて御冥福《ごめいふく》を祈ったらとも考えたが、それさえなんだか事々しいような気がしてよしてしまった。形に現わしてなにもしなかったせいか、一日中お葬式のそばに身を置いている感じがした。台所で洗いものをしているときも、そら豆の莢《さや》を剝《む》いているあいだも、喪の家の台所に臨時の立ちはたらきを手伝っているような、用事を急がされている感じがして困った。

先生には一度お宅へ伺ってお目にかかったきりである。もっとも御近所にしばらく住んでいたので、往来ですれちがうことは何度もあって、例の買物籠、ずぼん、下駄《げた》ばきのスタイルはよく見て知っている。伺ったのは小さいお願いで、こころよく許可していただいた。面会人の大嫌《だいきら》いな先生が会ってくださったのは、紹介者がよかったからだとおもう。私はそのとき最初に、亡父の葬式の日のお礼を言った。人づてに聞くと、先生はわざわざ来られたのだが、その横町から入らず、そこで頭をさげて帰られたというのである。そのお礼を言ったとき私は先生の人嫌いにははにかみも一部分は入っているらしいと思った。

父の亡くなる何カ月か前、先生と父と両方を知っているある人が、先生が父の病床をたずねて見えると伝えてきた。けれどもそのことはなくて終った。先生はそれについても話された。「なぁに、あなたのおとうさんにしろ、こちらにしろ、そんなに心の中はがさつな出来じゃないからね。そこいらの人がちょいと考えついたようなことに乗って、ずけずけしたまねはおたがいにいやだものねえ。齢《とし》をとっては、なかなか若い人の思うようなもんじゃない」ということを言われた。それはその当時、父の言っていたことと同じだった。私は先生の人嫌いは、暖かさを底辺にした冷たさだと思った。

そのときおたずねしたお宅は、きょうお葬式のあったおうちではなく、以前の古いほうのおうちで、畳には無数の焼け焦《こ》げが穴あき、やはり万年床が見えていて、いろいろ散らかっていた。焼け焦げは、先生が火鉢《ひばち》を使わず七輪を使うので、火皿を落ちた小さい火が、灰のたまった風口から畳へころがり出すためである。先生は御機嫌《ごきげん》よかった。

行くまえに私はさんざん、先生のそっけなさについて聞かされていたので、御機嫌のいいのは意外で嬉《うれ》しかった。でも「先生は人嫌いではないのだ。だが、先生にとって、人というものはほんのぽっちりしか要らないのだ。人くささが嫌いなのだ」と思われた。そう思うと、すでに先生の前に長く居過ぎたのである。幸に御機嫌のいいうちに退出した。

それから十年である。先生はいよいよ人なんか要らなくなられたと思う。人嫌いというのとは違う、と私は思っている。

山への恐れ

さきごろ樹木の伐採を見るために、静岡県大井川の支流寸又川《すまたがわ》をさかのぼった。谷は深く山の襞《ひだ》は幾重にもかさなり、傾斜は急だった。森林軌道へ乗せてもらうよりほかに行きようのない山の中だが、それだけに途中の景色はすばらしかった。美しいというばかりではなくて、清浄という感じであった。その清浄で寂しい山と川と岩石と樹木とのなかに、ところどころ一軒二軒と家があった。わずかに平らな地形を選び、または傾斜を辛《かろ》うじて切りひらいて、平坦《へいたん》にして住んでいる。

人は、山を背にし、水を前にし、陽《ひ》あたりがよい平らなところに住むものだ、としみじみ思わされるのである。

幾曲りするそのある曲り角に、大きな岩があり、岩の上に碑らしいものが見えた。

軌道敷設《ふせつ》についての殉職碑かと思った。殉職なのだが、小学校の先生の碑だった。その奥の部落の学校の十九歳になる二人の女の先生が、ある夏、子供たちを河原で楽しませるために連れてきた。子供たちは大喜びをし、先生は強い陽ざしを避けて狭い道に腰をおろし、子供たちへ注意を向けていた。そこへいきなり、上の崖《がけ》から石が降ってきて、二人とも十九歳を閉じてしまったのである。白日の突発事であった。

猿《さる》だという。それよりほか考えようがないのだそうな。猿が聞きなれない子供たちの歓声に恐怖のあまりちょうど眼《め》の下にいた先生へ投石したらしい。猿は人影に恐れてしばしば投石するという。

「海も山も馴《な》れない人にはまず恐ろしさのほうを先に知っておいてもらいたいもんですな。その後ですよ楽しむのは。まず知って安全にするんですな。それから楽しんでも間に合いますよ」

せっかくの連休を、相つぐ山の遭難の報である。若い日を楽しもうとして、あったら生命《いのち》を惜しいことにと、うらめしくさえ思う。先年、岩波映画で『遭難』というすぐれた写真を発表して、登山への注意を喚起したが、当時一部の人はその写真をあまりに生々しく酷《むご》いと言っていた。でも、こうして遭難の続くことを思うと、あの映画は今後もくりかえし映写して、人に見てもらうほうがいいとおもう。

ものを知らないで、迂闊《うかつ》にのんきな人はいつの世の中にもあるからである。若い日は恐れを知らないのが通有性である。私もいまでこそこんなふうに言うが、十七、八のときに浅間山へ、ゆかたの着ながし下駄ばきでのぼってしまった。のぼったはよいけれど、頂上火口へ着いたとき弱ってしまった。一ト足ごとにぞろぞろっと崩れるのである。草鞋《わらじ》ならそんなことないのだった。

「気をつけておくんなんしょ。東京の衆はお山のこわいことを知らないから、あぶなくていけない。噴火口へ自分から飛び込んで行きかねないような、おっちょこちょいをやって平気でいる。噴火口をばかにしてるわけじゃあるまいけど、こわいこと知らないのは田舎じゃばかだって言うわな」「楽しむ」は「知る」の延長「知る」は「恐る」「慎重」につながる。

夕雀

ちゅんちゅん、ぺちゃくちゃと自分勝手なおしゃべりをして、雀の手帖は百日になった。早くたった百日である。

百日のあいだに、身のまわりのいろんなことが変った。第一に季節がかわった。はじめたとき右手の親指につまあかぎれがあって、鉛筆を持つとちくりと痛んだ。それがいつのまにか自然になおって、初夏の手になっている。もう陽にやけた甲なのである。若い人の手は脂肪があって五月にはなめらかに白いが、老いた皮膚は白くなっているひまも少く、つまぎれから陽やけになる。

人の皮膚もそうだが地面もそうだ。霜柱が消えて土に生色が乗ったと思ったら、芽が出る、たちまち花でたちまち散って、もう若葉に風と日光の矢がたわむれている。土はすでに乾いて埃《ほこり》をあげている。

交際のすくない生活だが、百日のうち二度三度と黒枠《くろわく》の知らせも受けたし、結婚披露《ひろう》にも招かれたし、先発の夫君を追ってアメリカへわたる若奥さんを見送りもした。幼稚園児だった子が一年生になって、きょうは運動会で遊戯をしているし、かねて胃弱だった人が仕事中突然倒れて、病院へかきこまれ即刻手術して、夢中のうちに胃は半分に縮小されたが、気分はすっかりよくなって数年のもやもやが五月晴《さつきば》れ、——という事件もあった。

人事で目ざましかったのは、急に思いがけない大金の入った未亡人のこと。このひとは両親健在の農家の長男のところへお嫁に行って、子供を一人持ったが、夫も、つづいて子供も病歿《びょうぼつ》した。両親もまだ若いし、義弟が跡を継ぐというので、実家へ帰った。でも戸籍はぬかずにいた。喧嘩《けんか》別《わか》れをしたのではないし、亡夫への想《おも》い出《で》は果てなく、一気に縁を切ってしまう気になれなかったという。そして七年、苦労しながら細々と暮してきた。それがここで不意に、夫名義の土地によい買手がついた。舅姑《しゅうとしゅうとめ》は縁うすきかわいそうな嫁に、福を分けた。思いがけないお金を持ったそのひとは、かなしげにしあわせを語っていたのである。こんなこともあるものだと思うと嬉しい。

たべるものも一月の末とはまるで違った。おでん、すきやき、よせなべと熱いものを喜んだのに、いまはもう筍《たけのこ》にそら豆だ。ときによれば冷やっこ、ところてんがほしい。着るものもコートを脱ぎ羽織をぬぎ、素袷《すあわせ》である。

百日は早い。あらあらと言う間にたった。手帖を閉じるのである。厚皮《あつかわ》に、自分の勝手をちゅんちゅんとしゃべった。場所もあとさきも見境なく雀はしゃべる。それが雀の身上《しんしょう》だとは言え、おやかましう、お許しくださいませとお詫《わ》びする。夕餌《ゆうじ》をひろったか、この小庭のやせ雀も下枝からだんだんに梢《こずえ》へ移る。やがてどこかへ帰って行くだろうが、帰り惜しんで、ちゅんちゅんと短く啼《な》いている。五月四日、六時。

（おわり）

幸田さんの言葉

出久根達郎

文章の好き嫌《きら》いは、理屈でない。

肌《はだ》に合うか、合わないかである。

幸田文さんの文章は、私には、合ったのである。

だから、幸田さんのその魅力を、理屈で語るのはむずかしい。もっとも、そう言い切ってしまっては、身も蓋《ふた》もない。なぜ私に合うのか、私自身のことを考えてみる。理由を分析できれば、それはとりもなおさず、幸田文さんの特長の一部を伝えることになるだろう。一斑《いっぱん》を見て全豹《ぜんぴょう》を卜《ぼく》す、という言葉がある。わずかの部分をのぞくだけで、全体を判断することである。私の語る一斑が、見当違いでなければの話だが。

これは偶然なのだが、私は「雀《すずめ》の手帖《てちょう》」が西日本新聞に連載された年に、東京に出てきた。昭和三十四年の三月である。「雀の手帖」は一月二十六日から五月五日まで、ちょうど百回連載された。連日の掲載である。「雀百まで踊り忘れず」という俗諺《ぞくげん》があるけど、百回という切りのよい数字は、これと関連があるのだろうか。

私は十五歳、古本屋の店員になった。いなかの少年だったので、方言と訛《なまり》があからさまである。早速、これの矯正をされた。商人になるためには当然の教育なのである。しかし言葉遣いの注意を受けるくらい、屈辱的なことはない。劣っているもののように指摘されるから、いじけてしまう。

私は軽いノイローゼにおちいった。そして人の言葉に過敏になった。

私は下町に住んだが、下町の人は、「ヒ」と「シ」の発音が逆である。潮干《しおひ》狩《が》りを、ヒオシガリと言う。七を、ヒチ、質屋はヒチヤである。火の用心は、シの用心だ。ちなみに吉本ばななさんの小説に、布団《ふとん》をひいた、とある。これは敷いたの訛。ばななさんのお父上は評論家の吉本隆明氏だが、隆明氏は私が住んでいた月島のお生まれ、父上の口吻《こうふん》が伝わったのだろう。

ヒオシガリ、ヒチ、ヒチヤと発音しないと、けげんな目で見られる。まさか、そんなことはないが、ノイローゼ気味の少年には、そういう強迫観念があった。

そんな状態の折りに、私は幸田文さんの文章に出くわしたのである。

覚《さと》りを開いた、と言っては大げさだが、いつも胸の奥に、もやもやとくすぶっていたものが、たちまち雲と散り霧と消えるのを覚えた。

それは、こういうことだった。気取ることはない。飾ることはない。ごく普通にしゃべれば、それでいい。恥じたり、卑下する必要はない。おかしな点は、何もない。幸田さんの口調が、良い手本ではないか。私は何を勘違いしたのだろう。幸田さんは東京の方言を遣っている、と思ったのである。

幸田さん独特の言葉遣いを錯覚したのだった。無理もない。私がそれまで読んできた作家の文章とは、全く異質だったのだから。

たとえば、「雀の手帖」でいえば、巻頭の「初日」の、「これんぼっちもなかった」である。「からへた」「万事にとぱすぱしている」「おっぺされて」「ごろっちゃら乱雑に住んできた」「ちゃっこいやりかた」「ばっ散らけた」「きちきちいっぱい」「眼の性《しょう》」「その葉がおにおにしいほど」

いくらでも、次から次へと出てくる。これらは全部、東京の方言に違いない、とポット出の少年は決めつけたのである。方言を小説でなく、エッセイの文章に用いていることに、驚いたのである。エッセイというものは、端正な標準語で書くものだ、と信じていたのだった。

方言や訛を恥じることはない、と私が言葉の劣等感から解放されたのは、幸田文さんの文章を読んでの上だ、と言うと、おかしいだろうか。実際の話である。少くとも幸田さんの文章が、一集団就職少年の鬱屈《うっくつ》を払拭《ふっしょく》したことは間違いない。少年の幼い勘違いではあったけど。

ずっとのちに至って、私は幸田さんの言葉が、かなり特殊であるのを知る。方言でなく、いや一種の方言だが、ごくごく狭い地域の、極端に言うなら、幸田家とその周辺で遣われる言葉なのだった。

けれども通じないことはない。いなか者の少年にも、十分、意味は通じたのである。正確にはわからなくとも、大体の内容はつかめた。「おっぺされる」などは、茨城人の私も日常、口にのぼせていた。「押しひしがれる」ことである。私が幼年時に遣っていた日常語を、幸田さんが堂々と書物で用いているのだから、感動するはずである。

これは「雀の手帖」には出てこないが、幸田さんの初期の文に「みそっかす」という語が遣われている。子供たちの遊びで、一人前と認めてもらえぬ者のことだが、私のいなかでは、「みそっこ」と言った。「みそっかす」とも言った。

幸田さんの文章に、いなかの用語を見つけてから、私は鵜《う》の目鷹《たか》の目で探すようになった。そうして共通の、または似通った語感のものを発見しては、ひとり悦に入っていた。

方言とは決して特殊な言語ではない、という結論を得た。ひそかに自分を慰めたのである。

私は幸田さんによって方言コンプレックスを解かれただけでなく、文章の自由を教えられた。どのような俗語を用いても、用い方一つで、美しい文章をつづれる、という教訓であった。要は、用いる人間の品格であった。そして俗語を駆使する人の文章ほど誠実なのを知った。（漢語に執着し、それでいて語彙《ごい》に乏しく、決まり文句を多用する、鈍感で不遜《ふそん》な政治家の文章を見よ）。

幸田さんは特別の事柄《ことがら》を、声高に語っていない。まことに平凡な、当り前の些事《さじ》を語っている。ところが幸田さんの口調で話されると、どんな話も皆、面白く、精彩を帯びてくる。何だか初めて聞くような話ばかりのような気がする。幸田さんの話術のたくみさであるが、その秘密は、連想話法というか、尻取《しりと》り式語り口ともいうべき、独特の手法にある。

話が飛躍しているようで、実は見えない糸でつながっているのだ。前の話題の小枝の部分が、次の話柄《わへい》の根っこになる。その根っこが、次には枝葉と変わり、幹と変じ、読み終ってみれば、私たちは一本の樹木を見ていたことになる。幸田さんは最初に、樹《き》の話をすると告げない。樹とは全く関係のない話から始める。

「吹きながし」という文章がある。「一年のうちのいちばんいい季節になった」と書き出される。「旅行もしたいし、おいしいものを食べもしたいし、一日中のうのうと好き自由に休むのも悪くない。そのくせ、大掃除だの洗濯《せんたく》だのの季節だ、とも思うのである。そういう思いかたに我ながら主婦業の年数をおもわせられる。」

続いて話は、回想となる。十代のころの大掃除で畳を二枚、両脇《りょうわき》に持った思い出。「大掃除」と「主婦業の年数」を受けて、自然な場面転換だ。語られるのは、風のこわさである。ここの文章は、「雀の手帖」百編の中でも、屈指の名文である。

話は急に変わる。お使いの途中に眺《なが》めた、土手下の家の鯉《こい》のぼりである。土手は築かれたばかりで、雑草一本生えていない。土手下の家の屋根瓦《がわら》は、土ぼこりをかぶって白茶けている。その家に鯉のぼりが、高々と泳いでいる。「えらく鯉のぼりが生き生きしていて出来上がって乾いている土手も、もりもりした勢いで遠く伸びていて、いい景色だった。どんな男の子がいるのか知らないけど、しっかりやってくれえと声がかけたい気の弾みをうけた。」

私たちがこの文章を唐突に感じないのは、前のエピソードで、十代の著者が、女性なのに畳を二枚も両脇に持って、戸外に運んだことを聞かされているからだ。しっかりやってくれえ、と男の子に声をかけたい気持ちが、よくわかる。それと屋根瓦の土ぼこりである。大掃除につきもののほこりと、通底している。

著者は畳に風を受けて、踏みとどまった。押し倒されるような強い勢いを感じた。

そういう話を踏まえての、結びの文章である。「吹きながしというけど、あれは利口なのだろうか。ばかなのだろうか。吹き流しにすればすらりと行くかわり、とどまるものはない。」

こわいことを覚えない方が、利口なのか、そうでないのか。

この結句は、書き出しの文章に微妙に結びついていく。すなわち、「そのくせ、大掃除だの洗濯だのの季節だ、とも思うのである。そういう思いかたに我ながら主婦業の年数をおもわせられる。」

幸田さんは、何でもない日常のある一景を描きながら、実は人間の恐ろしいような深遠を語っているのではないか。

ちゅんちゅん、ぺちゃくちゃと雀の如《ごと》く、勝手なおしゃべりをした、と幸田さんはおっしゃるが、本書の世間話は軽く聞き流せぬものを含んでいる。

でもまあ、あまり固くむずかしく考えない方がよいかも知れない。

幸田さんの心地よい語りに、素直に耳を傾けて楽しむべきだろう。つい先だってまで、この日本に、確かにあったはずの、良き日本人の口調である。悲しいかな、もはや幸田文さんの文章でしか知ることができなくなった。

私たちは伝統の語り口を忘れると同時に、何か大事なものも見失ったような気がする。そういえば、いつのまにか、私たちの話す言葉も、言い回しもずいぶん数が少なくなり、単純化し、艶《つや》もなくなった。俗語や方言がなつかしい、と思うようになった私は、それだけ年を取ったのであろう。

（平成九年九月、作家）

雀の追って書き　～文字拡大新装版に寄せて～

青木奈緒

二〇二四年、私にとって母方の祖母である幸田文は生誕百二十年を迎えました。『雀《すずめ》の手帖《てちょう》』新装版は誕生月の九月にあわせて刊行されます。

当人は一九九〇年に他界しましたから、もはや自分で身祝いをするわけにはいきません。生誕百二十年は、ひとえに読者の皆様が幸田文を忘れずにいてくださったからこそ到達できた年数です。身内としてとても嬉《うれ》しく、有り難いことです。

この機会に展示会や雑誌の特集も企画され、そこで小さな、でも興味深い変化に気づきました。今はもう亡《な》い人を紹介する手段として写真は多くの場合に必要なのですが、使われる写真が若返っているのです。

従来、こうした企画に携わってきた方々は幸田文が生きた時代を共有しており、私を含め、その人たちにとっては年配のおばあさんのイメージでした。他界した時点でその人の時の刻みも止まりますから、これから先もイメージは不変と思ってきました。

ところが今回、生誕百二十年の企画を考えてくださる方はどなたも若く、幸田文とは時代共有をしていません。そうした方々が人物紹介として選ぶ写真はなんの先入観もなく、ここ数十年ほとんど人目に触れることのなかった、幸田文がもっとも輝いて精力的に仕事をしていたころのものなのです。

今、机まわりには送っていただいた掲載誌や企画途中の校正刷りなどがあって、私は若くて元気のいい祖母の写真に囲まれています。こちらはいつのまにやら馬齢を重ねて還暦をひとつ越え、なんだかくたびれてきたところ。かたや祖母の幸田文は還暦を二巡してますます意気盛ん。人というのはこの世を離れて、まだその上に若返ることもあるものなのだなぁ、と感慨深く思います。これが世代を超えて読み継がれるということなのかもしれません。

さて、『雀の手帖』に話を戻しますと、この随筆は幸田文が今を盛りと仕事していたころに書かれた作品のひとつです。解説らしい解説は本書が初めて文庫化されたときに出久根達郎さんがお書きくださった「幸田さんの言葉」があるのでそちらをご覧いただくとして、『雀の手帖』を読む上で大切と思われるのは、ここに収められた百話の随筆がもとは新聞連載で、掲載時期は一九五九年一月から五月。つまり、今から六十五年前の日常を綴《つづ》った随筆ということです。

当時、幸田文は五十四歳。文筆の仕事を始めて十年ばかり経《た》ったところでした。前年から継続していた随筆の連載は二本、『回転どあ』と『東京と大阪と』で、週一回掲載の『東京と大阪と』はこの年の一月末に最終回を迎えているので、『雀の手帖』はほぼ入れ替わりで始まっています。が、こちらは週末も休みなしの毎日です。

このほかにも月刊誌で『ルポルタージュ・男』と『動物のぞき』、さらに長編小説『北愁』の連載が同じ一九五九年一月にスタートしています。取材にも出かけなければならないでしょうし、合間には単発原稿も入ります。この年は連載をまとめた単行本も刊行されていますし、テレビやラジオの出演もあって、列挙しているだけで遅筆の私など目をまわしてしまいそうです。

このころは何でもござれの働き盛りだったのでしょう。と、わかったようなことを申しますが、六十五年前に私はまだ生まれておりません。ただ母の青木玉からこんな話を聞いています。ふたりで外出していたとき、急に祖母が歩く向きを変えて信号を渡ったのだそうです。目的の方向とは違うので、慌《あわ》ててあとを追った母が「どうして信号を渡ったの？」と尋ねると、祖母は「だって本屋の前を歩くのが嫌だったから」と返したとか。書店に自分の本が置かれていて、それを手に取ったり読んだりしている人がいたら、自分はどういう顔をしてその前を通りがかればいいか、外から見るだけでも小っ恥《こ ぱ》ずかしい。さりとて本がなかったら、もっと嫌。だからわざわざ道を渡って書店と反対側を歩くというわけです。なんだかおかしな理屈ですが、あれこれうじうじ考えているより、さっさと行動してさっぱりしちゃえ、という足取りがいかにも祖母らしく思えます。

六十五年前の時代感覚を持てるかどうかは、そのとき自分が存在していたかどうかで大きな差が出るでしょう。ほんの数年ですが、私自身、手を伸ばしても届かないもどかしさを感じます。が、諦《あきら》めたらそこまでです。

人は未来のことを考えるときは右を向くことが多く、過去と向きあうときは左を見ながら考えると聞いたことがあります。真偽のほどはわかりませんが、私は仕事柄、祖母や曾祖父《そうそふ》（幸田露伴）のものを読んだり、それについて書いたりすることがあって、原稿書きをしながら気がつけば漠然と左を眺めて考えています。右なんて向くことあったかしら、というような感覚です。過去からの引き継ぎなしに未来だけが存在するはずありませんから、左向きも大いに結構と思います。

幸いなことに「初日」をはじめとする冒頭の数篇はさほど時代的な違和感を覚えず

に読めるのではないでしょうか。もちろん「液温計」などという表現は耳なじみはなくて、今は自動でお風呂《ふろ》の湯がはれる時代です。現代との違いを数え出したらキリはありませんが、隔世の感の中に今に通じる感覚も、心の機微も、道理もあって、そこがこの本の魅力でしょう。

読後に好きな一篇をあげていただくとしたら、どれかに人気が集中するでしょうか。意外に好みがばらける印象で、たとえば「川の家具」は隅田川を身近に暮らしたからこそ書けた作品と評価する人もいれば、「手帖に書く」に出てくる雀の、ぴょいぴょいぴょいと跳んではいたずらする様子がかわいくて好きという人もいます。人に勧められて読み直してみると、自分では見つけられなかったよさに気づける楽しさがあります。

「掃く」に働く人を見つづけてきた著者の目を感じると言われたときは、内心、私はぎくりとしました。道路掃除を仕事にしてきた女性が道行く人に「お掃除ありがとう」と声をかけられ、さらりとした挨拶《あいさつ》を気持いいと感じるという話です。

以前、私は似たような経験をしながら、これとは真逆の反応をしたことがあります。朝、忙しくて時間がないのに実家の前の道を掃除しなければならず、気分がむしゃくしゃ荒れていました。見知らぬ小学生にふいにお礼を言われて、私は心の内で「別にあなたのために掃除しているんじゃないし」と毒づき、わざと背後の小学生に気づかぬふりをしたのです。そうしておいて、自分の狭い心に腹を立て、なおさら嫌な気分になりました。

「掃く」には、この一件を思い出させられるのでわざと斜めに読んで済ませておいたのですが、最後の締めくくりにはこんなことが書かれています。「掃除のこのひとが、だんだんに掃いて取りのけたごみの分量はたいしたものだ。それは道路からだけのごみだったろうか」。どうやら私はまだまだ掃除をする運命のようです。「おこると働く」同様、ちょっと耳が痛い一篇です。

せっかくですから、私の好きな数篇も加えておきましょう。「千字」「頸《くび》」「春の雨」あたりでしょうか。「猫じゃ」もなつかしく、遠い日に祖母と母、私の三人で歌った記憶があって、今も私はひとりこっそり、楽しく口ずさみます。「豆」の冒頭にある「なんだ、たろはち、豆腐は豆じゃ、あやめ団子は米のこな」は、祖母ですら由来がわからないのですから私にわかろうはずもありませんが、なぜか私の代にまで伝わっています。覚えていても何の役にも立たないのですけれど、この種の口調のよさは生活の潤《うるお》いでしょうか。

『雀の手帖』が新聞連載だったことは先にも申しましたが、字数は一回原稿用紙三枚、時々、三行ばかりあふれることもありましたが、およそ千二百字。一般的に読みやすく、書きやすい枚数と言われます。が、紙面では三段の囲み扱いでアイキャッチ的に小さなイラストも配され、大きく感じられます。実家には切り抜きを藁半紙《わらばんし》や書き損じの原稿用紙の裏に貼《は》りつけたものが残っているのですが、これはおそらく母がしたことでしょう。この年の秋に私の両親は結婚しており、いつもより丁寧な掲載紙の整理に母の思いが感じられます。

祖母の手書き原稿も、そっくりそのまま残っています。鉛筆書きで、毎回一行目に「雀の手帖」とあって丸で囲んだ通し番号が振られています。連載はあらかじめ百回と決まっていたのでしょう、一回ごとに、ここまで済んだ回数とこれから先に目指す回数を意識したに違いありません。中には祖母とは違う人の手で、入稿の時刻と思《おぼ》しき時間が赤字で欄外に書かれた原稿もあって、「思いの外に手間取っちゃった」という祖母の声が聞こえてくるようです。

ちゅんちゅん、ぺちゃくちゃ、いつまでも尽きぬ雀の追って書きです。

（令和六年七月、エッセイスト）

この作品は平成五年十二月新潮社より刊行された。

表記について

新潮文庫の文字表記については、原文を尊重するという見地に立ち、次のように方針を定めました。

一、旧仮名づかいで書かれた口語文の作品は、新仮名づかいに改める。
二、文語文の作品は旧仮名づかいのままとする。
三、旧字体で書かれているものは、原則として新字体に改める。
四、難読と思われる語には振仮名をつける。

なお本作品中、今日の観点からみると差別的ととられかねない表現が散見しますが、作品自体のもつ文学性ならびに芸術性、また著者がすでに故人であるという事情に鑑み、原文どおりとしました。

（新潮文庫編集部）

奥野修司著
魂でもいいから、そばにいて
―3・11後の霊体験を聞く―

誰にも言えなかった。でも誰かに伝えたかった――。家族を突然失った人々に起きた奇跡を丹念に拾い集めた感動のドキュメンタリー。

押川剛著
「子供を殺してください」という親たち

妄想、妄言、暴力……息子や娘がモンスター化した事例を分析することで育児や教育、そして対策を検討する衝撃のノンフィクション。

町田そのこ著
ぎょらん

人が死ぬ瞬間に生み出す赤い珠「ぎょらん」。噛み潰せば死者の最期の想いがわかるというが。傷ついた魂の再生を描く7つの連作集。

宇能鴻一郎著
姫君を喰う話
―宇能鴻一郎傑作短編集―

官能と戦慄に満ちた物語が幕を開ける――。芥川賞史の金字塔「鯨神」、ただならぬ気配が立ちこめる表題作など至高の六編。

前川裕著
号泣

女三人の共同生活、忌まわしい過去、不吉な訪問者の影、戦慄の贈り物。恐ろしいのに途中でやめられない、魔的な魅力に満ちた傑作。

伊与原新著
月まで三キロ
新田次郎文学賞受賞

わたしもまだ、やり直せるだろうか――。まならない人生を月や雪が温かく照らし出す。科学の知が背中を押してくれる感涙の6編。

雀《すずめ》の手《て》帖《ちょう》

新潮文庫　こ－3－9

平成　九　年十一月　一　日　発　行
平成二十五年十二月二十日　十五刷
令和　六　年　九　月　一　日　新版発行
令和　六　年十二月十五日　三　刷

著　者　幸《こう》田《だ》　文《あや》

発行者　佐　藤　隆　信

発行所　株式会社　新　潮　社
郵便番号　一六二―八七一一
東京都新宿区矢来町七一
電話　編集部(〇三)三二六六―五四四〇
　　　読者係(〇三)三二六六―五一一一
https://www.shinchosha.co.jp

価格はカバーに表示してあります。

乱丁・落丁本は、ご面倒ですが小社読者係宛ご送付ください。送料小社負担にてお取替えいたします。

印刷・株式会社三秀舎　製本・株式会社植木製本所

ISBN978-4-10-111613-6　C0195